Altai, été 2001

Der Bärenhüter im Waldgut

Bon anniversaire ... avec
toutes mes amitiés
Danielle
Bregenz, le 18. 6. 2002

**Von Galsan Tschinag erschienen
im Waldgut**

Wolkenhunde
Gedichte

Nimmer werde ich dich zähmen können Liebesgedichte

Alle Pfade um deine Jurte
Gedichte
4. Auflage

Amélie Schenk / Galsan Tschinag
Im Land der zornigen Winde
Geschichte und Geschichten der Tuwa-Nomaden aus der Mongolei
8 Seiten Farbfotos von Amélie Schenk
2. Auflage

Nun hatte sich die Sonne vom Erdrand gelöst, hatte sich über den schartigen Sattel des Akdosch, des ersten und östlichsten der Neun Gletscher, erhoben. So hing sie in der boden- und grenzenlosen Leere des blaßvioletten Himmels, rund und schwer und schien zu stauben und zu rauchen wie gestern, wie damals viele Monate zuvor. Nur flammte sie heute wohl nicht so heftig, sie wirkte matt, angestrengt und rostrot. Vielleicht war auch sie gehetzt. Oder diesmal hatte sie nicht genug Zeit gehabt, Feuer zu fangen und alle Flammen in sich zu wecken, bevor sie auf den Weg ging, um die von der mondlosen gemeinen Nacht erblindete und von ihrer herzlos grimmigen Kälte erstarrte Erde wieder zu bescheinen und aufzutauen, wer weiß. Wie auch immer, so wie sie da hing, erinnerte sie fast mehr an einen verspäteten Sommervollmond über taufrischen, saftgrünen Gras- und Waldlandschaften als an eine Morgensonne über dem winterlich blassen Altai in Eis und Schnee.

Dieser Sonne nun schälten sich lange, kantige Strahlen ab, die gleich Lanzen, gleich Pfeilen auf die Erde zielten, herüberflogen, sie an der steinigen und eisigen Haut treffend, zerbrachen und in ein gleißendes, rötlich gefärbtes Meer ausliefen. So begann der Tag.

Vielleicht wußten die beiden, daß mit diesem neuen Tag ein Jahr zu Ende ging. Vielleicht – oder aber auch nicht. Wohl eher nicht, denn es waren ein Wolf und eine Hündin nur, um welche es sich hier handelte und handeln wird in dieser Geschichte. Doch ahnten sie, daß etwas, und damit für sie alles, zu Ende ging. Der schwarzmähnige blaugraue Wolf mit dem breiten, eckigen Kopf zum breiten, runden Rumpf auf den breit gespreizten langen, stämmigen Beinen wie die zartgliederige, dickbäuchige Hündin mit dem ziegenweißen Fell und dem beschädigten Hinterfuß, beide ahnten und fühlten, beide sahen es. Denn der Gipfel des Haarakan, des für Menschen unnennbaren und für Wölfe unnahbaren Berges inmitten der Wüstensteppe, war erreicht, und kein Weg und Steg führte weiter.

Weiter war einzig der Himmel, und dieser hatte nicht einmal ein paar Fetzen Wolken, die herübergesegelt und an dem Gipfel mit der glänzenden, runden Eiskuppel und den darüber hinausragenden, in der Mitte gegabelten und an beiden Seiten spitzen, lungenfarbenen Felsen hängengeblieben wären als Schutzschild gegen die mörderischen Strahlen der verräterischen Sonne. Dabei hat doch der himmelsteile Berg erst vorgestern wie alle Tage davor bis zur Achselhöhe in einer dichten graudunklen Wolke gesteckt! Heute aber war sie nicht mehr da, war wie weggeblasen und spurlos verschwunden.

Der wolkenlose Himmel döste schwärzlich blau vor sich hin, wirkte wie das Innere eines riesigen Loches, wirkte tot und leer; Leere also umgab den Wolf und die Hündin von oben, von den Seiten und zu einer Hälfte auch von unten her. Und zur anderen Hälfte stürzten die rutschigen Hänge steil hinab und verschwanden hinter Erhebungen aus Stein und Eis. Und von dem, was hinter den Erhebungen lag und im Versteck lauerte, von den schutzbietenden Geröllaugen und den felsigen Falten und Schluchten, von den Weiten der Steppe und den knittrigen Bergen mit den bläulich weißen Kuppen, rötlich gelben Hängen und gräulich schwarzen Schatten dazwischen waren sie schon seit gestern abgeschnitten. Abgeschnitten und umzingelt.

In der Ebene waren sie überrascht worden. Wohl konnte dies geschehen, da sie sich verspätet hatten. Obwohl sie sich vorher so manches Mal noch später auf den Weg in die Berge begeben hatten. Aber noch nie waren sie da einem Menschen begegnet. Vielleicht hatten sie diesmal einfach Pech. Ja, das Pech, das sie so oft haben umgehen können, muß diesmal auf vielen Wegen auf sie gelauert und sie zu der Stunde und an der Stelle ereilt haben.

Zuerst war die Stute, der sie hinterherspurteten, nachdem sie sie aus der Mitte der auseinanderberstenden Pferdeherde herausscheuchten und in die Einsamkeit trieben, unverhofft gut bei Kräften und konnte unglaublich weit, wie zum Fluch in die ebene Steppe mit dem schreienden Boden aus lauter jungem, männlichem Gestein hinaus flüchten. Endlos lang dauerte die Verfolgung. Sie hatten, so schien es, nicht mit einer trächtigen, von der Winterskälte verzehrten Stute, sondern mit einem Fetzen Fegesturm, einem Klumpen Sturzfelsen, einer bemähnten und behuften Teufelin mit dem betörenden Geruch eines schweißigen und fettigen Pferdeleibes zu tun. Dieses Teufelsvieh nun, das obendrein in einem nachtschwarzen Fell steckte, hätte es einige Male um ein Haar geschafft, seinen Verfolgern zu entwischen. Allein die steinharten und schweren

Hufe mußten ohne Unterlaß auf den klirrenden Steppenboden trommeln und so sie ständig verraten.

Dann, als sie die Flüchtende endlich eingeholt, ihr Batzen für Batzen Fleisch aus dem Leib heruntergerissen und so ihren Fall erzwungen hatten, spürten sie eine betäubende Erschöpfung in den Knochen und in den Sehnen, die sich nach den ersten Schlucken des heißen, schäumenden und würzigen Bluts in einen lähmenden Rausch verwandelte. Darauf fielen sie auf der Stelle um und versanken in einen jähen, fast todähnlichen Schlaf.

Und schließlich lag dieses so hart errungene Fleisch zäh und schwer im Magen. Dies erkannten sie aber erst in dem verhängnisvollen Augenblick, als sie die Reiter auf sich zukommen sahen. Da wurde ihnen schnell und schmerzlich bewußt, daß sie sich an dem Aas unverzeihlich lange aufgehalten hatten. Zudem mußten sie noch einsehen: sie haben sich überfressen an dem Fleisch. Sie fühlten sich vollgestopft wie Röhrenknochen mit Mark. Nun lag es zäh und schwer in ihnen und drückte sie auf die Erde.

Doch jetzt hatte es keinen Sinn mehr, daran zu denken und Zeit zu verlieren. Es galt einzig, wegzukommen und sich zu retten. So streckten sie sich und versuchten zu flüchten. Aber es waren unbeholfene, schwerfällige und panische Sprünge. So würde das schlecht ausgehen, denn die Ebene war weit und der Boden mit Schotterstein bespickt, der sich nun nicht nur kalt und unnachgiebig, sondern auch kantig und stachelig, ja, mit einem Mal feindselig herausstellte.

Die Pfotensohlen, die in der Nacht zu lange und zu wild auf die Steppe haben hämmern müssen, brannten und schienen die Schmerzen, die in jedem Schotter immer noch abgelagert liegen mußten von dem einstigen Sprung der Felsen, nun nachträglich zu empfinden. Nein, so würden sie den Verfolgern nicht entkommen. Und so beschloß der Wolf, der in den Augenblicken der Gefahr immer der unbestrittene Führer war, sich zu erleichtern und begann, ohne langsamer zu laufen, das Fleisch, das die Bauchhöhle prallvoll füllte, auszuspucken nach vorn und nach hinten. Dasselbe tat auch die Hündin, die Ohr an Ohr neben ihm lag. Der Spuck nach vorn fiel rot und klumpig, während der nach hinten als langer schwarzer, breiiger Pfeil hinausschoß.

Ein Gedanke lag in diesem Augenblick zwischen den beiden, verband sie miteinander. Das Opfer war nicht gut ausgesucht. Sie hätten nicht die langbeinige, sehnige Stute, sondern einen der pummeligen Jährlinge nehmen müssen. Der Teufel allein mußte wissen, weshalb sie ausgerechnet an die große, hagere Stute geraten waren. Diese ist es wohl gewesen, die sie dazu verleitet hat, über sie herzufallen, denn sie ist die erste gewesen, die sich aus der wirbelnden Menge schälte – wohl mußte ein alter Angstschreck vor Wölfen in ihr geschlummert haben, der nun urplötzlich erwachte und sie ins Verderben trieb.

Oder war sie, die zähe, schwarze Stute, von Anfang an die Teufelin gewesen, die, in Gestalt eines Pferdes, sie in die Steppenödnis hinauslockte, um sie dort ihrem Verderben zu überlassen? Wie auch immer, sie hätten sich nicht an einem ausgewachsenen, vollwertigen Tier vergreifen dürfen, während nebenan bestimmt auch Kleine, Behinderte gewesen wären. Selbst ein Fohlen hätte gegnügt, sie wären davon satt geworden. Und wie gut das junge, zarte Fleisch geschmeckt hätte! Sicher hätten sie damit keine solchen Scherereien gehabt wie mit der Stute, und so wären sie längst wieder in den Bergen gewesen!

Je mehr Fleisch sie herauswürgten, desto leichter wurde ihnen, und der Abstand zu den anfänglich grausam schnell heranschießenden Reitern blieb wenigstens gleich, und so blieben sie vorerst in einer noch erträglichen Entfernung vor den Verfolgern. Doch die unvermutete Erschütterung verließ die angespannten, gepeinigten Leiber nicht. Zwar war die Angst ein wenig verflogen, hatte sich der Schreck um ein Kleines gelegt, aber die ausgelösten Spannungen haben sich in eine Kraft, die Sorge, verwandelt, nun wuchs sie jäh.

Der Wolf schätzte die Entfernung bis zu den südlichen Bergen ab. Würden sie es durchhalten, bis dahin in der gleichen Geschwindigkeit zu bleiben? Er wohl schon; aber ob auch sie es schaffte? Sie hatte schwer zu tragen: sie war trächtig in den letzten Tagen. Bei diesem Gedanken regte sich in ihm etwas, das sogleich bis in die Glieder strömte und ihn dabei wärmte, das ihm für einen Augenblick den Atem nahm. Aber schnell faßte er sich, packte die beginnenden, prickelnden Strömungen an der Wurzel, erwürgte und trat sie in alle Richtungen aus. Darauf erweckte er in sich etwas Gegenteiliges, Ätzendes und ließ ihm freien Lauf: Die Leibesfrüchte, diese glitschigen Klumpen, sollten auch hinausgestoßen werden, gleich dem fauligen Pferdefleisch!

Der Gedanke zog einen weiteren nach sich: Wo waren denn nun seine früheren Nachkommen, die drei-, viermaligen Würfe der Wölfin? Ihretwegen hat er gehungert, Tage und Wochen in Angst und Unruhe verbracht, hat sich Gefahren ausgesetzt – und was hat er davon gehabt? Nichts! Die hilflose, doch unersättliche Meute hat ihn und die Mutter zuerst hohlgefressen, dann aber verlassen, immer wenn sie endlich etwas taugten. Keiner hat ihm je ein Lamm gebracht, ein Kalb überlassen – alles hat ein jeder selber, nur selber heruntergeschlungen!

Anfangs haben sie wenigstens hin und wieder seine und der Mutter Nähe gesucht, seit dem Ende der Wölfin aber hat er sie nur selten gesehen, und auch wenn sich sein Weg mit den Ihrigen manchmal kreuzte, da verhielten sie sich wie Wildfremde zu ihm. Zu oft sah er ihre fletschenden Zähne, und manches Mal bekam er am eigenen, nun schon alternden, armseligen Fell zu spüren, was in diesen Zähnen steckte.

Weg mit dem Zeug, das nie etwas taugen wird und besonders in diesem Augenblick nichts ist als überflüssige, hinderliche Last! Wie aber es loswerden? Er wußte darauf keine Antwort. Die aufquellenden, wimmelnden Dinger hinter dem Bauchfell saßen dort wohl fester als heruntergeschlungene Fleischklumpen – ja, er wußte keinen Rat. Darum tat ihm die Hündin bitter leid. Er würde viel tun, um sie aus der Gefahr zu führen und möglichst lange neben sich zu behalten. Sie bedeutete, hell wie sie war, ein spätes, einziges Licht seines zur Neige gehenden Lebens. Er würde sie nicht im Stich lassen, solange er sich außer Gefahr wußte. Doch bricht die Gefahr über ihn herein, dann müßte er sehen, zuerst sein eigenes Fell zu retten, und in dem Fall würde er sie, auch sie, im Stich lassen. Wie er es bereits einmal getan hat. Er würde es, wenn es sein muß, noch einmal, noch weitere Male tun.

Indes ließ die Hündin merklich nach. Ihr Kopf glitt zurück, auf die Höhe der Schulter, dann der Bauchweiche, schließlich der Schwanzspitze. Daß es dabei blieb, lag an ihm: Er wartete doch auf sie. Er wollte nicht Kopf an Kopf mit ihr laufen, so war sie nicht zurückgelassen, gleichzeitig aber zur Schnelligkeit ermahnt.

Sie wußte das, wußte auch, daß er sie im Stich lassen würde, wenn die Gefahr noch näher käme. Doch die Verfolger blieben im gleichen Abstand, auch die Pferde mußten einmal ermüden. Aber sie wußte nicht, wie lange sie mithalten könnte – die Berge waren immer noch weit, und die Früchte lagen schwer, sie hatten sich zusammengeballt zu unbeweglichen runden, schweren Klumpen, die den Körper nicht nur nach unten drückten, sondern auch die Beine nach hinten zogen. Und wie die Sohlen brannten! Ob sie es bis zum Nordhang der graublauen Berge mit den blauschwarzen Nieren und den blauweißen Mähnen aushalten würde? Schwierig! Er, der Wolf, würde es auf alle Fälle schaffen, und er soll es ihretwegen auch. Sie würde, wenn alles umgekehrt wäre, es ihm gleich tun: sehen, daß sie selber entkam! Und sie dachte nicht nach, weshalb.

Der Wolf war es, der es entdeckte: In einer Mulde sah er einen besattelten Pferderücken. Das lag in noch beträchtlicher Entfernung, aber in der Fluchtrichtung. Einer ist auf Lauer! kam ihm in den Sinn, und schon drehte er scharf nach rechts ab. Und da stand der einsame Berg, der sich aus der Mitte der Ebene erhob und, einer Säule gleich, in den Himmel stach. Dieser Berg, den er auf dem gesamten Fluchtweg aus dem Blickfeld gelassen hatte, stand sogar näher, als die Berge, die, in Wolken verkrochen, Schulter an Schulter dalagen, und auf die sie zugelaufen waren.

Die Hündin, die den Pferderücken unter dem Sattel nicht hatte entdecken können, schaute erleichtert auf das neue Ziel, denn es war näher, viel näher als die anderen, ineinander übergreifenden Berge. Der neue Zielberg wirkte fast steiler als die andern und mochte nicht weniger hoch sein; auch dessen Gipfel steckte in einer geballten blaunierigen hellgrauen Wolke.

Der Wolf spurtete wie vor einem Spieß davon, und dies mit gutem Grund, denn die Verfolger kamen nun auf einem geraden Weg, während die Verfolgten sich auf einen Bogen begeben mußten. Die Hündin fiel zurück; so sehr sie sich anstrengte, es gelang ihr nicht, dem Wolf zu folgen oder wenigstens den Abstand beizubehalten; der wurde mit jedem Sprung des Wolfes größer.

Die Hündin hörte das Hufgetrappel. Sie drehte den Kopf leicht, um zu sehen, wie nah die Gefahr war. Ja, sie war schon nähergerück! Noch bedrohlicher wurde es, als die Verfolger anfingen, wilde Schreie auszustoßen. Sie begriff, was sie verkehrt gemacht hatte, und beschloß, nicht wieder nach hinten zu schielen. Die Last in ihrem Bauch glich nicht nur toten, festen Fleischklumpen, sondern harten, kalten Wackersteinen, die das Rückgrat nach unten bogen und die Pfoten an die Erde preßten. Sich der Sogkraft der Steppe zu entreißen, fiel ihr immer schwerer. Schon war der Abstand zum Wolf so groß wie der zu den Reitern, und er würde sich weiter zu ihren Ungunsten ändern.

Ihr Herz zog sich zusammen. Kälte regte sich in den toten, festen Klumpen, drückte steinschwer in alle Richtungen, breitete sich im ganzen Bauch aus und strömte bis zu allen ihren Enden. Die Hündin meinte nichts anderes, als würden ihre Glieder gleich erlahmen, bevor ihr Körper, wie das Herz und der Bauch, erstarrte und erkaltete. Und in diesem Augenblick spürte sie, wie ihre Augenränder heiß anliefen, aber die Tränen, die dort herauskommen sollten, kamen ganz woanders, sie liefen in der Schnauzspitze zusammen: heiß und bitter und nadelspitz nach allen Seiten hin. Sie wünschte sich, der Wolf möchte auf sie warten, ein letztes Mal warten. Dabei wußte sie, er würde es nicht tun. Ja, auch sie würde es nicht tun, weil es keiner, keine tat. Weshalb, wußte sie nicht, aber sie wußte es eben. Und das machte sie traurig, tröstete sie wohl auch.

Doch nicht allein sie war erschöpft, auch die Pferde, selbst die Reiter mußten es sein, denn das Hufgetrappel ertönte nicht noch lauter, kam nicht noch näher, und das Geschrei dröhnte nicht noch bedrohlicher, es zersplitterte sich bald sogar und zerrann schließlich.

Allein der Wolf preschte mit unverminderter Schnelligkeit, mit unverbrauchter Kraft weiter. Der Abstand zwischen ihnen war jetzt so angewachsen, daß sie nur noch seinen zitterigen und schimmerigen Schattenriß zu erkennen vermochte. So schoß er, der Wolf, gewaltig und zielstrebig auf den Steppenberg zu. Doch als er ihn dann endlich erreichte, lief er nicht den Berg hinauf, nein, er umlief ihn, lief um seinen stacheligen Hang außen herum weiter.

Bald verschwand er hinter dem Abhang. Also wollte er weiter, zu den nördlichen Bergen? Die aber waren weit, eine schier endlose Ebene trennte sie von dem Steppenberg! Der Wolf ist mächtig, kann Ausdauer zeigen, das wußte sie. Ebenso aber wußte sie: Auch er hat Grenzen; sind diese erreicht, dann ist er nicht anders als sie, als jeder andere Haushund – er bricht zusammen, und nichts gehorcht ihm mehr als seine Zähne bis zuletzt vielleicht. Auch das hat sie einmal erlebt.

Damals hat es ihr wehgetan, ihm zuzuschauen, als er am Ende seiner Kräfte vor ihr hinfiel und liegenblieb, ohnmächtig in den Gliedern; sie hat sich gewünscht, sie wäre lieber nicht dabei gewesen, hätte lieber wegschauen, von ihm weglaufen wollen. Heute ist sie froh darüber, es erfüllt sie ein wenig mit Genugtuung, sich daran zu erinnern und zu wissen, es könnte mit ihm wieder passieren, nicht irgendwann, sondern jetzt, demnächst. Ja, es war unmöglich, die Ebene bis zu den nördlichen Bergen im Galopp zurückzulegen. Er mußte wahnsinnig geworden sein – das konnte daher kommen, daß in dem hügelig mächtigen Wolfsrüden mehr Angst Platz gefunden haben muß als in ihr, der schmächtigen, hoch trächtigen Hündin.

Sie jedenfalls würde den Wahnsinn nicht mitmachen, und so lief sie schnurstracks auf den schutzbietenden Berg mit den vom Regen- und Schneewasser zerklüfteten Abhängen und sperrigen Felsen zu, begann den nächstgelegenen Hang hinaufzuklettern. Bald verschwand sie hinter dem ersten großen Felsen, und sie befand sich in einer sperrigen, faltigen und rissigen Landschaft. Und sie glaubte sich noch einmal gerettet, zumal sie die Verfolger am Berg vorbei dem Wolf hinterher reiten sah. So nun! dachte sie. In dem Gedanken waren Erleichterung und Trauer, und etwas Abschließendes lag darüber. Sie dachte an ihren gemeinsamen Weg mit dem Wolf, den sie sich immer als stärker und klüger vorgestellt hatte als sich selbst. Der nun aber war den Weg des sicheren Unterganges gegangen.

Aber nicht allzulange später mußte sie an der Richtigkeit ihres Gedankens doch zweifeln. Denn die Verfolger kehrten zurück, und erst jetzt begriff sie: Ihre Lage war schlechter, als sie anfangs vermutet hatte, der Berg war kleiner als der, der aus der Ferne erschienen war. Er war eine Falle.

Die Verfolger aber schienen sie nicht einmal ernstzunehmen: Nur zwei waren ihr hinterher, und dazu noch zu Fuß. Zwar brauchte sie lediglich ein paar sanfte Sprünge zu machen, und schon blieben sie zurück. Aber es gelang ihr nicht, sie abzuschütteln. Denn es gab für eine Flucht einfach keinen Raum. So sehr sie sich auch anstrengte, sie mußte hinter jedem Felsen haltmachen, um nicht gesehen zu werden, und schon mußte sie nach einem neuen Schleichweg und Versteck suchen. Bald merkte sie: Je weiter sie auf die Höhe zuflüchtete, desto schmaler wurde der Berg, und desto wahrscheinlicher wurde es, die Verfolger an sich heranzulassen. So flüchtete sie mit einem Mal zurück, wieder nach unten zu, bewegte sich von einem zum nächsten der Geröllbetten, die an den Steilhängen des Berges, gleich gespreizten Fingern von Händen, in ziemlich gleichmäßigen Abständen hinunterstürzten. Und mit dieser ihrer Entscheidung, am unteren Berghang zu bleiben, trieb sie die Verfolger arg in Bedrängnis, und das merkte sie.

Weitere zwei Verfolger erschienen, beide zu Pferde und in der Steppe, diese beobachteten sie vom Sattel aus, folgten ihr, wohin sie sich bewegte.

Und sobald die Flüchtende sich anschickte, den Berg zu verlassen, gerieten die Verfolger in Hast, trieben die Pferde an und ließen die Hündin wissen, sie würden es nicht zulassen, daß sie den Berg verließ. Aber die Verfolgte hatte nicht vor, das zu tun und wieder durch die Ebene zu rennen. Nun jedoch, da sie die Absicht der Zweibeinigen kannte, hielt sie diese gern in der Überzeugung, sie wollte jeden Augenblick ausreißen. So glich es einem Spiel. So hatten alle endlich auch Zeit, einander zu beobachten und zu begutachten.

Die Hündin sah: die beiden Fußgänger, die ihr auf den Fersen folgten, waren erschöpft. Ihnen wär's recht gewesen, wenn sie sich langsamer voranbewegte. Die Reiter dagegen wirkten voller Tatenlust, kehrten sich wichtig heraus und drohten, ihr den Weg sofort abzuschneiden oder sie niederzutreten, sollte sie es wagen, die Füße wieder auf die Ebene zu setzen.

An die Fußgänger konnte sich die Hündin nur schwach erinnern. Sie hatte sie allenfalls ein, zweimal gesehen. Die Reiter dagegen erkannte sie genau wieder. Den, der rechts ritt, hatte sie einmal arg angefallen. Es ist an einem frühen Morgen gewesen, er muß sie, die am Rand der Viehhürde gelegen hat, für ein Schaf gehalten haben, denn plötzlich hat er neben ihr gestanden; sie ist kläffend aufgefahren und hat ihn angesprungen, er hat ihr im Schreck einen Stiefeltritt versetzt. Dann hat sie auch noch einen Stein an die Rippen bekommen. Damals hat sie noch im Welpenalter gesteckt.

Der andere ist ein freundlicher, langsamer Mensch gewesen. Besonders lange hat es gedauert, wenn er seine Notdurf verrichtete. Einmal wären ihr beinah die Pfoten erfroren. Es ist eine Winternacht mit schlafenden Hunden und krachendem Eisschnee unter funkelnden, wimmelnden Sternen gewesen. Sie erwachte gerade, als der Mann unverhofft aus der Jurte trat. Den *Tonn** umgehängt, begab er sich gleich auf den Hügel, hinter dem die Menschen verschwanden, wenn sie dem großen Geschäft nachgingen. Sie erhob sich und folgte ihm, froh darüber, daß die anderen Hunde es nicht merkten. Dann hockte er da, den *Tonn* über den Kopf gestülpt, wie ein kleiner Hügel, stöhnend und grunzend, und sie einen Schritt hinter ihm, harrte dort aus. Zu-

** Mantelartige Wintertracht aus Schaffell.*

erst lief ihr der Speichel im Mund zusammen, dann geriet sie durcheinander, vergaß wohl, wo sie war und weshalb, vielleicht schlief sie eine kleine Runde, denn plötzlich spürte sie die Kälte bis in die Magengrube hinein. Sie schüttelte sich und winselte leise. Aber sie wartete weiter, dachte nicht daran, aufzugeben. Denn der Hügel vor ihr hockte immer noch da, stöhnte und grunzte weiter und wimmerte auch hin und wieder leise. Der hintere, kleinere Hügel, der sie war, meinte, ihr würden die Pfoten abfallen. Dennoch rührte sie sich nicht. Und dann, als sich der große Hügel endlich erhob, erhob auch sie sich, begab sich nach vorne und sah: Es lag ein solch satter Haufen, dampfend und duftend da, auf den zu warten es sich auf alle Fälle gelohnt hatte, und auf den zu verzichten auf alle Fälle schade gewesen wäre. Und der Mensch hat ihr freundlich zugeredet, während sie die Frucht ihrer Geduld genießen durfte; er hat, so schien es, sogar auf sie gewartet. Und dann sind sie gemeinsam den Weg zurück gegangen, in Eintracht, er auf sie einredend und sie mit dem Schwanz wedelnd.

Diese Erinnerungen mußten in den Menschen erloschen sein, denn ein jeder hegte hinter seinem Brustbein ganz andere Gedanken: Sie betrafen die Reitpferde und Melkkühe, Schafe und Ziegen und viele, viele Fohlen, Kälber und Lämmer, die in den letzten Monaten des nun zu Ende gehenden Jahres der Feuer-Yakkuh von der weißen Hündin und ihrem Wolf gerissen worden waren. In den Köpfen drehten sich die Preise, die auf die abgezogenen Häute der beiden gesetzt, und die bei neuen Anlässen immer wieder erhöht worden waren. Jeder wäre gerne zum Jäger der berühmt-berüchtigten weißen Hündin geworden, aber sie hatten längst erkannt, in was für einem Zustand diese nun steckte, und darüber waren Worte gefallen. Es galt, die Wolfswelpen, die in ihrem Bauch lagen und auf das Licht lauerten, unversehrt zu erbeuten als künftige Jagd- und Kampfhunde. Der erste, in dessen Schädel diese Weisheit gereift war, gab in Gegenwart von Zeugen bekannt, er wolle den erstgeborenen männlichen Welpen haben. Schnell schlossen andere sich ihm an. Männliche Welpen waren gefragt, seltsamerweise. Später kam es zum Streit: Was dann, wenn es weniger männliche Welpen gab, als hier Männer waren? Die, die sich zuerst gemeldet hatten, wußten Rat: Alles in der Reihenfolge der geäußerten Wünsche! Aber was dann, wenn der Häuptling auch einen haben wollte? Und die Schamanin? Und der frühere Besitzer der Hündin? Bestimmt würden sich noch ganz andere melden, aus verständlichen Gründen, denn daß eine Haushündin von einem Wolf besehen wurde und Welpen von ihm nach Hause brachte, würde in einem Menschenleben wohl nur einmal vorkommen!

Die Sache nahm eine andere Wendung, und alles konnte neu geregelt werden. Derjenige, der die Hündin finge, sollte zu seinem männlichen Welpen kommen, seinetwegen auch zu dem erstgeborenen, falls sich keiner von den Mächtigeren auch noch meldete! Gegen einen solchen Vorschlag war nichts einzuwenden, oder doch: Einer wollte den Preis auf den erlegten Wolf hören. Aber das konnte nur ein Scherz sein. Denn die

Bemerkung kam ausgerechnet von dem, der behauptet hat, der Wolf sei ausgerissen. Und diese seine Behauptung hat er sogar mit einem hand- und augenfesten Beweis zu belegen gewußt: Rauhreiffrische Pfotenabdrücke, die einen ganzen Flintenschuß weit hinter dem Berg entlang eines schmalen Sandbeckens in Richtung der fernen, nördlichen Berge führten. Alle haben da ihm geglaubt.

Bis auf einen, der etwas Gegenteiliges behauptet und diese seine Behauptung so wildentschlossen verteidigt hat. Darauf war es zwischen den beiden zu einem Streit gekommen, der so heftig entbrannte, daß es mit einer Wette endete. Auf der einen der unsichtbaren Schalen der Wette stand ein vierjähriger Rotschimmel mit einer buschigen, schweren Vollmähne, auf der anderen Schale lag ein zweiäugiger, ladenneuer Feldstecher in einem glänzenden, pechschwarzen Lederfutteral. Jeder der Wettenden mußte von seiner Meinung fest überzeugt gewesen sein, daß er das, was er als Wertvollstes bei sich hatte, so bedenkenlos aufs Spiel setzte. Es war eine gute Wette: Sie beeindruckte und belebte die Außenstehenden.

Der, dem das Fernglas gehörte, ritt gleich darauf davon, um wie er sagte, Leute aus der Sippe zu holen. Und während er sich entfernte, rief er zurück, er würde den Rotschimmel dem Himmel weihen, und ein himmlisches Roß verdiene mehr und bessere Zeugen als nur vier vom Wintersturm zerlumpte Hirten. Dies wurmte den Besitzer des Pferdes so sehr, daß er dem Gegenspieler hinterher rief, er würde, sollte jener wirklich Leute holen, dem Pferd noch das Sattel- und Zaumzeug dazugeben!

Dies alles als Preis für die Haut des entkommenen Wolfes?

Noch stand das Pferd unter seinem Sattel, und in diesem Sattel saß er. Und von dort aus wechselte er vergnügt Rufe mit den anderen Männern, die unnachgiebig versuchten, an die Hündin heranzukommen. Die Wolken waren weit aufgerissen, hingen auseinander, hingen tief und standen still. Die Luft fühlte sich leicht zittrig an. Die Strahlen der Sonne, die sich der Mittagshöhe näherte, stachen in die Hautporen, erhitzten und erfüllten sie mit der Gewißheit, daß der Frühling nicht mehr fern war. Vielleicht war es diese plötzliche Gewißheit nach einem schier endlosen Winter, vielleicht hatte er aus Übermut den quicklebendigen, unerreichbaren Wolf erwähnt und das mit dem Preis, auf seinen Widersacher gemünzt, gesagt.

Einer mahnte lauthals daran, daß Weib und Kinder des Besiegten seit altersher doch dem Sieger gehörten, und so hätte auch der Jäger des Rüden... Schallendes Gelächter machte weitere Worte überflüssig.

Das Spiel ging weiter, zwar ohne Ergebnis, aber es wurde immer friedlicher. So schien es. Das käme davon, meinten die lustigen Verfolger, daß sich die Hündin langsam wieder an die Menschen gewöhnte. Sie ließen ihr Zeit, ließen sie zur Ruhe kommen und versuchten zwischendurch immer wieder, auf sie einzureden, sie an ihren alten Namen zu erinnern und sie so herbeizulocken. Sie versuchten es gar mit Luder, zeigten ihr unter Pfiffen und Schnalzrufen Fleischhappen und warfen sie dann nach ihr. Was die Hündin nur noch mehr scheu machte. Als sie auf eine liegengebliebene Fleischscheibe stieß, blieb sie stehen, schnupperte kurz daran, rührte sie aber nicht an – es war gekocht, war aus Menschenhand.

Es war vor allem die Hündin, die mit ihren Jägern spielte. Sie zeigte sich immer zahmer, und so ließ sie jene im Glauben, sie würde sich an sie irgendwie doch wieder gewöhnen. Sie wartete auf die Nacht, brauchte bis dahin Erholung; frisch bei Kräften würde sie in der Dunkelheit abhauen. Wohin, wußte sie noch nicht genau. Aber sie wußte, je besser sie sich erholte, desto leichter würde sie in der Nacht wegkommen. Dann würde sie nach ihrem Wolf suchen. Sie mußte ihn ausfindig machen wegen des Wurfes, von dem sie nur wußte, daß er ihr unmittelbar bevorstand. Mehr wußte sie nicht, sie hatte keine Erfahrung damit, wußte weder, wo ihn unterbringen, wenn er käme, noch, wie mit ihm dann durchkommen. Schon deshalb brauchte sie den Wolf. Daß er sie im Stich gelassen hatte, das würde sie nur in die innerste ihrer Gedächtnisfalten einsperren mit der im voraus versöhnenden, im Endergebnis ausgleichenden Gewißheit: einmal würde auch sie ihm diese Gemeinheit heimzahlen.

Schnell wanderte an dem Tag die Sonne. So schien es den Hirten, die viele Monate lang im Winter gelebt und auf ein Ende gewartet haben. Nun schien der herbeigesehnte Tag endlich gekommen, und schon hatte die

Sonne es so eilig. Längst hing sie über dem westlichen Rand der Erde, sank tiefer und tiefer. Dies beunruhigte die Männer, die das ermüdende Spiel mit der Hündin erfolglos, aber irgendwie auch vergnügt getrieben haben. Die Unruhe wuchs mit dem Schatten, der sich mit einem Mal tausendfach aus den Bergen und der Steppe erhob, zusehends anschwoll und nun, gleich einer dunklen, gefrässigen Herde die Erde überschwemmte. Die Unruhe wuchs und trieb die erfolglosen, friedlich-vergnügten Männer nun in die Eile.

Der eisige Sturm, der die Welt seit Monaten abwechselnd mit Schnee und Sand gepeitscht hatte, war erst gestern, drei Tage vor dem Ende des alten Jahres, zu Ende gegangen. Die Yakhirten, die in den Tagen und Nächten des Sturms den Herden hautnah bleiben und sie hüten mußten, hatten es am ersten milden, nach Frühling riechenden Tag nicht mehr ausgehalten und sind auf Jagd gegangen. Und dies nicht umsonst, sie haben ein Wildschaf erlegt, das gerade ein aussetzendes und deshalb noch herbstlich fett war. Diese Freude aber hatte eine andere nach sich gezogen: Die Pferdehirten aus den Bergen jenseits der Steppe kamen auf Besuch. So haben vier Männer gefeiert, bis in die Mitternacht hinein. Am Morgen begleiteten die Gastgeber ihre Gäste auf den Weg und stießen dabei auf den Wolf und die Hündin. Später hat sich ein fünfter, der Jäger, zu ihnen gesellt. Dieser hatte die Flüchtigen vom Weg abgebracht und auf den Haarakan gescheucht.

Nun wurden die Männer zur Eile getrieben von den Schatten, die unaufhaltsam wuchsen und über die Steppe mit bedrohlicher Schwere und Schnelligkeit krochen. Sie konnten die Herden nicht eine weitere Nacht unbewacht lassen, und so mußten sie zurückkehren, solange es noch hell war. Andererseits wollten sie von der Hündin, der längst weit und breit bekannten, gefürchteten und verhaßten Verräterin nicht ablassen und sie laufen lassen, nachdem sie sie endlich fast gefaßt hatten. Die Geduld schien da und dort zu reißen, immer weniger Lock-, jedoch immer mehr Drohrufe fielen, gleich Schüssen, und hallten von den Felsen wider.

Die Eile zwang die Männer zu einer Entscheidung. Einer der beiden Reiter stieg vom Pferd und kam dem Fußvolk zu Hilfe. Nun versuchten sie zu dritt die Hündin in die Enge zu treiben, was ihnen jetzt besser gelang als vorher. Zum ersten Mal kam einer der Hündin so nah, daß er das Lasso nach ihr werfen konnte – umsonst: sie war viel zu klein, sprang durch die Schlinge, ohne den Strick zu berühren.

Dies gab der Hündin einen Grund mehr, wieder und wieder vorzutäuschen, den Berg zu verlassen, in die Ebene hinauszulaufen und in das hereinflutende Schattenmeer hineinzutauchen. Und die Männer hatten ebenso einen Grund mehr, ihr zu glauben. So blieben wieder zwei der Männer im Sattel, anstatt zu viert auf den Berg zu klettern und auf die Hündin loszugehen. So war das Spiel eigentlich entschieden; doch die Menschen wollten dies nicht wahrhaben und jagten fieberhaft nach der Hündin, die, an ihre Rolle längst gewöhnt und der Lage der Dinge voll bewußt, das Spiel geschickt lenkte.

Da erschien der Jäger, dem das Fernglas gehörte. Ein Dutzend Reiter folgte ihm. Es waren bejahrte Männer, junge Frauen und Halbwüchsige. Selbst der Häuptling und die Schamanin waren darunter. Alle saßen zu Pferd, waren bewaffnet, die einen mit Gewehren, die anderen mit Keulen, wieder andere mit Spießen und Ruten. Hinzu kam, daß quer über den Sätteln zusammengeschnürte Holzscheite und auf den Rücken Körbe mit Brenndung lagen.

Die Hundejäger brachen ihre Beschäftigung ab. Noch bevor sie angesprochen wurden, eilten sie vom Berg herunter und gingen in geschlossener Reihe den Ankömmlingen entgegen. Dann stellten sie sich auf, beugten die Köpfe leicht nach vorne, und warteten. Der Häuptling, ein großer, hagerer Mann mit einem langen, sorgfältig gezwirbelten, dunkelgrauen Schnurbart, erhob sich im Sattel, während er gleichzeitig den rechten Arm hob. Dann sprach er mit einer jugendlich hellen Stimme, langsam und klar: «Männer! Die Kunde darüber, daß ihr die Sturmzeit gut überstanden und die Herden über den Winter gebracht habt, ist bis zu der Sippe vorgedrungen. Dafür danken alle euch, dafür achten alle euch noch mehr. Wir überbringen euch die Grüße und Geschenke eurer Weiber und eurer Kinder; dem will ich hinzufügen, alle sind sie wohlauf, warten mit Ungeduld auf euch. Nun aber. Ihr wißt, das halbe Sippenvolk ist nicht gekommen, um nur dies euch zu sagen. Der Anlaß ist ein anderer, ein ernster. Wir sehen die weiße Hündin am Hang laufen. Sehen, sie ist heil am Körper. Und hoffen, der Wolf ist ebenso noch da.

Wir danken euch auch dafür, daß ihr die beiden, die Hauptfeinde eines Jahres, habt nicht ausreißen, auch nicht verbluten lassen. Denn ihr heißes, rotes Blut wird gebraucht hier und heute Nacht am letzten Neunundzwanzigsten* eines Jahres, wenn die Schamanin im Windschutz und Höhenlicht des Haarakan, unser aller großer Jurte und unser aller großen Herzen, die dreizehn Rauchopfer der Erde anzündend, die neunundneunzig Nässeopfer des Himmels verspritzend, die hunderttausend guten Geister herbeiruft und die zehntausend bösen davontreibt!»

Damit senkte der Häuptling den erhobenen Arm und ließ sich wieder in den Sattel fallen. Alle, die Hirten zu Fuß, wie die Ankömmlinge zu Pferd, streckten beide Arme aus und schwenkten sie im Sinn der aufsteigenden Sonne und riefen dabei: *«Huraj! Huraj! Huraj!»* Darauf stiegen die Frauen, alle jung und dickverpackt in Schaf- und Fuchsfell, vom Pferd, während die Männer und Halbwüchsigen in zwei Scharen davonritten, um den Berg von beiden Seiten her zu umzingeln. Der Jäger schaute abwechselnd auf die Sonne und die Schamanin. Die Sonne erreichte gerade den Erdrand, die Schamanin, eine junge Frau mit einem runden, hellen Gesicht, packte aus einem Schultersack aus Steinbockfell ihre Siebensachen aus: Trommel, Schlägel, Wedel, Mütze, Wacholder. Die Frauen schickten sich in Eile an, ein Feuer anzuzünden. Das Gesicht des Jägers

**Am 29. Tag eines jeden Monats pflegt jeder Schamane wie jede Schamanin auch vor der Gemeinschaft mit schamanischen Ritualen aufzutreten.*

nahm einen besorgten Ausdruck an. Die Schamanin merkte es und sagte friedfertig: «Du kannst ja schon gehen und dich an die Hündin heranpirschen! Ich werde, sobald der letzte Sonnenstrahl erlischt, anfangen.»

Der letzte Strahl Sonne erlosch. Wacholder brannte zischend, hellblau stieg der Rauch gegen den Himmel über dem einfallenden Dämmer. Ein Trommelschlag erdröhnte und erschreckte Tier und Mensch, erschütterte Himmel und Erde. Ein, zwei, drei Lidschläge Zeit verstrichen, das nächste Gedröhn fiel, es war kurz, kam nicht allein, es prasselten Schläge, ein Ruf ertönte. Ein Schuß krachte. Die Hündin schrie auf, fiel um, purzelte den Steilhang herunter, jaulend und um sich beißend, sprang auf und flüchtete hangaufwärts. Sie humpelte auf drei Beinen, der rechte Hinterfuß war oberhalb des Sprunggelenkes geknickt. Er schleifte baumelnd hinter dem Körper her, der sich in schreckhafter Hast wieder und wieder aufballte und in holprige Sprünge fiel.

Die Nacht brach jäh und gewaltig herein. Die Luft erkühlte schnell, geriet in Bewegung und wurde zu einem eisigen, schneidenden Wind. Es war trotz der vielen Sterne eine blinde Nacht. Da sich die Menschen von Feuerschein zu Feuerschein bewegen mußten, kam ihnen die Nacht dahinter stockfinster vor. Die junge Schamanin ruhte von der einen Dämmerung bis zur anderen nicht, sie sang und trommelte und ging dabei ständig, umkreiste den Haarakan bis zum Morgen ganze dreizehnmal. Die Menschen, die sich in gleichen Abständen um den Berg verteilt hatten, bewegten sich mit – dies war eine Entscheidung des Häuptlings, damit sich alle warmtreten und wachbleiben konnten. Dazu kam eine weitere Entscheidung der Schamanin: Ein jeder durfte und sollte alles mitmachen, was sie tat, und so entstand ein Chor, der nicht nur aus Singen und Rufen, sondern auch aus Trommeln und Pfeifen lebte. Diejenigen, die am nächsten hinter und vor der Schamanin gingen, gaben, was sie an wichtigen, ausdrucksstarken Versen aus ihrem Gesang heraushörten, sogleich weiter, und das wurde so oft und so lange zugerufen, bis sich der Hörkreis geschlossen hatte.

So war in dieser eiskalten, mondlosen Nacht keine Stille und Ruhe am Steppenberg, immer wieder bewegte sich ein hastender Kreis von keuchenden und stolpernden Menschen, und darüber flogen Rufe hin und her wie Pfeile, wie Kugeln, die nach Leben suchten:

Die aschbleiche Hündin ist
Ein zurückgekehrter Fluch
Aus Zeiten sich bekämpfender Schamanen!
Dieser nun hat sich zu einem
Von seinen Anbetern
Vernachlässigten und verwilderten Geist
Des Usun-Hara-Ojuk gesellt!
Wie wir Nachkommen
Der Flügellahmen Weißen Schwänin
Mit diesen beiden Wesen fertigwerden
Davon wird das Geschick des Volkes
An den Fünf Flüssen
Und in den Acht Steppen

Im Jahr des Gelben Tigers
Abhängen
Gelingt es uns, sie zu beseitigen
Wird es vom Himmel ersehen
Und mit seinem Segen beschert
Mißlingt es uns
Werden wir vom Himmel verfehlt
Und ins Verderben gestürzt!

Das tröpfelnde schwarze Blut wird
Das tödliche Gift sein, welches
Das Hundeweib
Dem Wolfsrüden
Bringen wird!

Wer dem verbiesterten Viehleib
Die Früchte der Geilheit
Unversehrt abzuschälen und
Sie dann hochzupäppeln vermag
*Der darf die Sieben Teufel des Ökpesch**
Wieder zu Dienern haben
Nur wird der Steg zum Gezücht
Des vierbeinigen, langschwänzigen Übels
Schmal sein!

Es fielen mehr Worte, die auf Zurufen hinüber- und herübergetragen wurden, aber der Rest betraf nur die Menschen. Der Mond blieb aus. Die Nacht war lang,

* *Einer der bedeutendsten Schamanen aus Vorzeiten.*

endlos fast, und je weiter sie sich in die Länge zog, desto eisiger strömte die Luft, die mit der Zeit gefror und sich aufsplitterte in lauter Nadeln, diese bohrten solange an der Kleidung, bis sie in sie eindrangen und an die Haut, in die Poren kamen und weiter vordrangen auf der Suche nach Lebensfäden.

Diese unendliche, undurchdringliche Nacht wurde plötzlich an ihrem östlichen Ende undicht, einige helle Punkte tauchten auf, und dann spürten alle das sich sammelnde Morgengrauen. Es begann fern und dumpf, wuchs dann in die Tiefe und die Breite, lief blau, dann gelb und schließlich rot an, wechselte von einem zum andern, wurde rost-, dann blut- und endlich feuerrot.

Die Hündin kam erst zu sich, als sie wieder auf der Fluch war. Was vorgefallen war, vermochte sie lange nicht zu begreifen. Der rechte Hinterteil ihres Leibes war ertaubt. Der Schreck saß so stark in ihr, daß sie auf drei Beinen immer noch weiterhüpfte, als sie aus dem Blickfeld der Menschen längst verschwunden und vom nebligen Abenddämmer verschlungen war. Auf dem Berggipfel konnte sie nicht stehenbleiben, also hüpfte sie den Hang auf der anderen Seite hinunter, schlitterte zwischendurch auf dem rutschigen Schiefergestein und eilte weiter. Irgendwann hörte sie Menschenstimmen, fing sich auf, drehte um und flüchtete zurück, diesmal auf eine knittrige Senke unterhalb eines Geröllauges zu.

Sie erschrak abermals, fast so schlimm wie vorhin unter dem unheilvollen Kugelschlag. Diesmal sah sie plötzlich den Wolf! Er lag drei, vier Sprünge weiter zwischen zwei aus dem Schnee kaum herausragenden, unscheinbaren Steinbrocken, lag da wie ein dritter Brocken, rund und gesammelt. Diesmal verging der Schreck schnell, verwandelte sich sogleich in Freude, in wildschäumende, hellodernde Freude. So eilte sie auf den Wolf zu. Der jedoch empfing sie kalt, ja, feindselig – er knurrte leise und fletschte die Zähne. Sie stockte und hielt an. Ihr schwindelte. Aber es dauerte nicht lange, sie überwand sich und empfand mit einem Mal dumpfe Schmerzen in sich. Woher sie kamen, wußte sie noch nicht. Dafür wußte sie, der Schreck, der große Schreck, der sie aus der Bahn des Lebens in eine Rille des Wahnsinns geworfen hatte, war nun aus ihr gewichen. Still und hell und kühl stand es in ihr. Schnell verstand sie den Wolf. Sie bedeutete Gefahr für ihn, der glaubte, die Verfolger in die Irre geführt zu haben und im Versteck auf die nächste Gelegenheit wartete, endlich abzuhauen. In einer ähnlichen Lage würde sie sich wohl nicht anders verhalten.

So blieb sie da, blieb friedfertig und unerschütterlich vor seiner kleinen Feigheit und harmlosen Feindseligkeit. Stand unbeirrt, wartete geduldig. Da sie die Schmerzen wachsen spürte, legte sie sich auf die Seite und fing an, das blutverschmierte Glied mit dem geknickten und leblos baumelnden Hinterfuß abzulecken. Dabei winselte und wimmerte sie leise.

Irgendwann sah sie den Wolf aufstehen und auf sie zukommen. Sie sah, die Haare über dem Widerrist hatten sich gelegt, er war friedlich. Mit Trauer vermischte

Scham lag in seinen Augen. Sie blieb still, hielt den Blick mild und leckte an ihrer Wunde weiter. Jetzt legte er sich zu ihr und begann, ihr zuerst die Schnauze, dann das Maul und schließlich die Wunde abzulecken. Sie war davon erschüttert, fing an, am ganzen Körper zu beben und streckte sich willig hin. Dabei winselte sie weiter, nun dumpf und genüßlich, und wäre sie eine menschliche Frau gewesen, dann wohl weinend und lachend in einem.

Der Wolf beleckte das beschädigte Glied mit Eifer und Hingabe. Die Hündin lag mit geschlossenen Augen, die Schnauze in sein Fell vergraben, und sie genoß den kräftigen, beruhigenden und schmerzstillenden Druck seiner Zunge. Einmal tat es ihr arg weh; sie fuhr auf und sah, der Fuß mit dem zerschmetterten Knochen, der verdreht und quer gehangen hatte, war fast geradegerückt. Da wußte sie, daß sie die Schmerzen aushalten mußte. Und sie hielt sie auch aus, sie genoß sie sogar, die ins Fleisch und in die Sehnen stechenden und schneidenden, den Knochen auseinanderreißenden Schmerzen.

Auch der Wolf genoß es. Nicht nur um seine Scham und seine Trauer loszuwerden, leckte er an dem unseligen Bein mit dem aufgeplatzten Fell und Fleisch und dem zerschmetterten Schienbein mit den knirschenden Knochensplittern. Das frische Blut, der Saft des lebenden Fleisches und der Geruch des klopfenden Knochenmarkes lockte ihn, weckte den Hunger und damit auch den Lebenswillen in ihm. So leckte er an der Wunde, die längst sauber und trocken war, immer noch weiter. Und je länger er daran leckte und schleckte, desto deutlicher spürte er Aufregendes und Aufmunterndes, das von der Hündin kam.

Ja, es ist auch damals so gewesen, und damit hat es angefangen.

Vorher hatte er die Wölfin verloren. Sie war groß und schnell und stark gewesen, nicht zu vergleichen mit der Hündin. Mit der Wölfin hat er viel Zeit verbracht und dabei meistens seine Freude gehabt. Bis vor zwei Jahren im Frühsommer die Kugel sie erwischte. Es war ein schlimmes Jahr gewesen.

Zuerst raubten die Menschen die Höhle aus und töteten vier Welpen – bis auf einen, der sich unter einem Stein im hintersten Höhlenwinkel versteckt hatte. Gleich in der Nacht darauf überfielen er und sie das Ail der Räuber. Sie scheuchten die Schafherde auseinander und jagten einen Teil in das Krüppelbirkengebüsch hinein und metzelten dort alle nieder.

In der nächsten Nacht überfielen sie das Ail abermals. Diesmal die Yakherde, und damit wurde es schwieriger; denn die Yaks, nachdem sie zuerst davonpreschten, kamen bald zurück, stürzten sich mit krachendem Gelärm und hochgeworfenen Schwänzen auf die Angreifer und erwischten sie dabei um ein Haar. Aber die Zeitspanne zwischen der Flucht und der Rückkehr der großen Herde hatte gereicht, um die Kälber an der Binde von einem Ende bis zum anderen aufzureißen – von dem guten Dutzend blieb ein einziges Kalb unversehrt. Daß dieses einzige verschont blieb, war nicht aus Überlegung oder Unvermögen etwa geschehen, nein, der Strick um seinen Hals war gerissen. So hat der Zufall für einen Ausgleich gegenüber der Oberflächlichkeit der sonst so grausam fähigen und gründlichen Menschen gesorgt. Wenn es nach den Überfallenden und Rachenehmenden gegangen wäre, sie hätten nicht nur den Ausreißer noch eingeholt – am liebsten hätten sie die ganze Herde in einen Haufen aus Blut und Fleisch verwandelt. Und wenn erst einmal ringsum alles tot dagelegen wäre, da hätten sie sich an einem der Opfer sattgefressen, vermutlich. Denn es ist schwer, schmerzend schwer gewesen, sich von den strömenden Bächen des heißen Blutes und den zuckenden Haufen des zarten Fleisches zu trennen. Das Rachegefühl war süß, es berauschte, beflügelte und tröstete fast.

Aber es verführte auch, verführte zum Übermut und zur Unvorsicht. Denn schon wenige Tage später machten sie sich in einer Mondnacht wieder auf den blutigen, vertrauten Weg. Und diesmal gingen sie nur bis zum Ailrand und suchten sich zum Opfer ein Pferd in einer Dreifußfessel aus. Es war jung und fett und hatte betörend würziges Fleisch. Aber inmitten des Schmauses krachte es! Die Wölfin machte die ersten Sprünge mit. Doch hinter der Anhöhe, wo nach einer schmalen moorigen Wiese das Krüppelbirkengebüsch begann, brach sie zusammen.

Der Wolf machte eine scharfe Wende und kehrte zu ihr zurück. Sie hockte auf den Vorderläufen, der hintere Körperteil lag hilflos auf dem Boden. Da brausten die Hunde lärmend heran. Der Wolf zog sich zusammen, erhob sich, sein Rücken sprang zu einem Buckel und die Haare darüber sträubten sich. Dabei fletschte er die Zähne und knurrte laut. So stand er sprungbereit und angriffslustig, die verwundete Wölfin deckend! Die Hunde, obwohl eine ganze Schar, wagten sich nicht an ihn heran, sie blieben in einiger Entfernung, lärmten aber umso lauter, bellten und sprangen hin und her, scharrten den Boden mit den Hinterfüßen, ließen wieder und wieder, wohl nur in Spritzern, Urin ab. So angriffslustig sie sich auch gebärdeten, sie waren doch bereit, jeden Augenblick auszureißen. Er hätte, wenn er sich auf sie gestürzt hätte, bestimmt schnell einige der Feiglinge erledigt, doch er tat es nicht, blieb angespannt dort, wo er sich hingebaut hatte. Ja, er war zum Äußersten angespannt, war ein Bogen, der knirschte und glühte, ein Pfeil auch, der glühte und zischte. Er behielt aber die Stellung, blieb in der Haltung, so sehr auch Zeit verging und alles zu einer Qual wurde.

Dann aber mußte er die Wölfin doch aufgeben. Mußte in die Flucht gehen. Denn Menschenstimmen waren zu hören, darauf sah er auch die Gestalten, die aus dem milchigen Dämmer herauswuchsen. Da gab es nichts mehr zu überlegen, er mußte schnell tun, daß er wegkam. Er sah, wie sich die Wölfin ruckartig vorwärts bewegte, sich auf den Vorderläufen davonschleppte. Er überholte sie schnell, dann sah er sie nicht wieder. Auch hörte er keinen Laut von ihr.

Damit wenigstens wollte er sich später trösten. Aber er war untröstbar. Er konnte nicht begreifen, daß er sie den Hunden und den Menschen überlassen hatte. Warum hatte er sie bei lebendigem Leibe zurückgelassen?

Warum, warum nur hatte er ihr nicht schnell die Kehle durchgebissen? Er hätte es im Vorbeilaufen schaffen können, wäre doch nur ein Streifen gewesen!

Untröstbar war er aber vor allem, weil sie ihm fehlte. An seiner Seite war ein unsichtbarer, ständig spürbarer Abgrund entstanden. Mit einem Mal stand er allein und einsam da, hin und wieder mit seinem eigenen Schatten, aber er war selber ein untilgbarer, unentrinnbarer Schatten. So lebte er in Trauer, lebte mut- und lustlos, er fühlte sich erloschen. In den Gliedern fühlte er sich so schwach, daß er meinte, diese müßten ihm ab- und auseinanderfallen. Das alles trieb ihn in die Verzweiflung, in eine Raserei.

Also machte es ihn doch wiederum stark. So ging er, wiedergestärkt und -gestrafft an der Außenhülle, umso mehr aber hohl und finster und bitter in seinem Innenraum, auf Jagden, die oft weniger vom Hunger als vielmehr von einem nicht gestillten, wohl nimmer zu stillenden Rachebedürfnis geleitet waren. Und da war er auch stark, unglaublich entschlossen und unvorstellbar grausam. Was an einem Körper aus Haut und Fleisch war, fetzte er ab, riß es herunter, um das wacklige Knochengerüst zu sehen, zerbiß die Sehnen und zerbrach die Knochen, bevor er den Lebensfaden abriß. In solchen Augenblicken befriedigte ihn dies, stärkte ihn aber noch mehr für spätere Kämpfe.

Bei einem solchen Kampf gerieten sie aufeinander, blieben verkeilt aneinander hängen, der Wolf und die Hündin. Es war gegen Ende des Sommers, gegen Ende eines Tages. Der Wolf schlich sich an eine Herde heran, die am Ailrand weidete. Er wollte ein paar Schafe und Ziegen aufreißen, bevor er ein fettes Lamm schnappte und damit davonginge. Dabei wurde er von der Hündin überrascht, und zwar aufs übelste: Sie sprang ihn aus einer schier unerträglichen Nähe mit einem höllischen Lärm an. Anfangs meinte er, eines der Schafe habe sich plötzlich in einen Hund verwandelt, und er war so erschreckt, daß er schleunigst die Flucht ergriff.

Das mußte die Hündin in ihrer Dreistigkeit nur noch angestachelt haben: sogleich stürzte sie sich dem Flüchtenden hinterher. Sie war schnell und dumm. Das merkte er, während er seine Gedanken wieder sammeln konnte. Sie war dumm, weil sie ihm so schnell hinterherrannte und zudem keinen Menschen und keine weiteren Hunde hinter sich wußte. Und so allein sie auch war, wollte sie selbst nach einer beträchtlichen Strecke nicht von ihm ablassen. Das war für ihn unverständlich, unerträglich. So verlangsamte er sich zuerst, drehte sich mit einem Mal um, schnappte nach ihr und hatte sie! Er hätte sie auf der Stelle und in aller Schnelle erledigen können, doch es wäre zu wenig gewesen für die Frechheit, die sie ihm angetan hatte. So beschloß er sie mitzunehmen, und warf sie, nun anstatt des Lammes, über den Nacken und ging davon.

Doch die Unverschämtheit fand kein Ende. Die Hündin, die nicht schwerer drückte als ein Lamm, gab nicht auf: Sie begann, ihn da und dorthin zu beißen, wohin sie nur zu gelangen vermochte, und biß sich schließlich an seinem Nacken fest. Sie hatte scharfe Zähne, die ihm tief ins Fleisch drangen und dort gründlich wühlten. Hätte nicht die Bosheit in seinem Hirn gebrannt und ihm Bilder, eines schrecklicher als das andere, vorgeflammt, wie er mit ihr verfahren würde, hätte er sie längst abgeworfen, in Fetzen gerissen und sie so ausgelöscht. Aber er hatte etwas mit ihr vor: die Berge waren seine Zeugen!

Zwar wußte er noch nicht genau, auf welche Art und Weise er den sich immer noch unverschämt forsch windenden und schlängelnden Leib mit der unverschämt wilden Stimme und den unverschämt scharfen Zähnen aufbrechen, zerfetzen und zerfressen würde, aber er glaubte zu wissen, ihr würdig vergelten zu können, was sie ihm angetan hatte. Vielleicht ahnte sie, was er mit ihr vorhatte – jedenfalls tobte, tollte und raste sie weiter, nagte schon an seinem Knochen. So war er, als er seine Höhle endlich erreichte, am Ende seiner Kräfte.

Er schüttelte sie ab, warf sie in die hinterste Ecke der Höhle und legte sich selber davor.

Anfangs vermochte er an nichts mehr zu denken. Schwer war er verwundet, schwer erschöpft. Er lag, die Glieder ausgestreckt, auf der Seite, klumpig und schwer, ein unüberwindbarer Brocken für die kleine, halb tot gebissene Hündin. Schwer stöhnte er. Sonst blieb er stumm, tat weder winseln noch wimmern. Einmal erhaschte er kurz einen Gedanken, der war jedoch belanglos: Eine Hündin! Darauf verfiel er in einen Schlaf, der vielleicht einem kleinen Tod glich, der andauerte wie eine bewölkte, windlose Nacht und sich keinem Traum öffnete.

Ein Licht weckte ihn. Es mußte geblitzt haben, er vernahm das Rauschen und Plätschern von Regen und empfand Beruhigung. Darauf aber spürte er Schmerzen, stechende, brennende Schmerzen im Nacken, im Rücken, auch an der rechten Schulter. Da witterte er hinter sich den fremden Körper. Und ihm fiel ein, daß er damit etwas vorhatte. Was genau, wußte er nicht mehr oder immer noch nicht. Der beißende, würgende Groll hatte sich gelegt, regte sich nun nur noch leise und blieb dumpf und gestaltlos. Der Wolf wollte daran nicht rühren, dazu hatte er wohl keine Kraft mehr. Fest stand nur, der Hund würde getötet werden.

Getötet und vermutlich auch gefressen. Der Wolf empfand noch keinen Hunger, wußte aber, er würde schon welchen bekommen, wenn er sich später erhöbe und an den Hund heranmachte. Er hatte keine Erfahrung mit Hundefleisch, hatte auch nirgends Reste von einem Hund herumliegen sehen, der von Wölfen gerissen worden wäre. So wie der da roch, widerte ihn der Gedanke an, davon fressen zu müssen. Aber er wußte, er würde es einfach tun müssen. Denn er brauchte Stärkung, brauchte Fraß, bis die Wunden verheilten und er wieder auf Jagd gehen konnte.

Dem Wolf kam ein Gedanke, der ihm wieder belanglos erschien und diesmal etwas länger dauerte: Der Hund – eine Hündin eigentlich! – hatte einen samtweichen, prallfesten Körper gehabt... Darauf schlief er wieder ein. Diesmal war es ein anderer Schlaf, ein leichter und briesiger und mit hellbunten Träumen bespickter.

Die Wölfin kam. Also war sie den Hunden und den Menschen doch entkommen und inzwischen schon wieder gesundet! Darüber war er glücklich und freute sich an ihr zärtlich und ergeben wie ein Jungwolf. Anfangs hatte er von ihr viel geträumt, aber es waren immer bedrückende, düstere Träume, meistens erdrückende Alpträume. Dann verblaßten sie mit der Zeit, immer seltener erschien die Gefährtin, die im Wachsein seine Gedanken stets noch mitbewohnte, im Schlaf. Seit langem schon war sie ganz weggeblieben. Endlich muß auch ihre Seele, wie ihr Körper längst, erloschen sein – dachte er, wenn ihm ihr Wegbleiben manchmal bewußt wurde.

Nun war sie doch da. Wie sehr er sich an ihr freute, so wunderte er sich doch leise darüber, daß es so lange gedauert hatte, bis sie endlich zurückkam. Und dies weckte inmitten der großen hellen, schwebeleichten Freude einen kleinen dunklen, drückenden Fleck aus Groll und Eifersucht. Aber schnell wandte er sich gegen den unliebsamen Fleck, nahm die endlich wieder zurückgefundene Wölfin in Schutz: Daß sie einander so lange fernbleiben mußten, daran war auch er, vor allem er, schuld: Ja, er hat sie im Stich gelassen, ist davongeflüchtet, ohne den endgültigen Ausgang der Dinge abgewartet zu haben, hat das Revier gewechselt, hat nach ihr nicht nur nicht gesucht, sondern auch nicht geantwortet, wenn er in der Ferne eine weibliche Stimme heulen hörte, und dann hat er die Himmelsrichtung bewußt gemieden. Also ist einzig und allein er schuld an der langen, schweren Trennung! Und sie ist der lawinengleich hereinbrechenden Gefahr entkommen, hat ihre Verletzung ausgeheilt, hat sich in dieser Welt mit den wachsamen, mordlustigen Hunden und Menschen und unzuverlässigen, feigen Rüden, wie er einer war, so lange mutterseelenallein durchschlagen können. Und nun ist sie zu ihm gekommen, hat ihm also seine Feigheit und Dummheit verziehen!

Nun aber waren sie wieder zusammen, den Bergen und den Wäldern sei Dank! Sie würden sich nie wieder trennen, würden die schutzbietenden Berge und Wälder nie wieder verlassen; sie würden sich immer damit begnügen, was die großen, heiligen Berge und Wälder für sie und ihre Kinder bereithielten. So würden sie immer und immer zusammenbleiben, Schnauze an Schnauze, Niere an Niere sich aneinander lehnen und wärmen, sich alleweil aneinander stützen und stärken!

Sie bewegten sich Seite an Seite durch Zeiten und Welten, ihnen war ein endlos langes, untrennbar enges Zusammenleben beschieden, sie waren so zusammen wie die beiden Augen an einem Kopf, sie waren eins: Lebten und bebten wie der Lebensfaden, pochten und klopften wie das Herz. Sie leckte ihn, zuerst zart und leise, dann immer heftiger, mit Schnalzen und Schmatzen. Im Glauben, dies zu spüren, empfand er eine selige Beruhigung und Befriedigung.

Erwachend zuckte er zusammen. Denn sein Blick traf die Hündin, die sich über ihn beugte und ihn leckte! Allzugern und geschwind hätte er sie an der Gurgel gepackt, hinausgeschleudert aus der Höhle und in Fetzen gerisssen! Das wäre das Selbstverständliche gewesen. Die Welt aber konnte nicht immer auf der Selbstverständlichkeit beruhen; es kam anders. Anstatt das und jenes zu tun, ließ er den aufgerichteten Kopf mit dem starren Nacken auf die Erde zurücksinken, schloß die Augen und zitterte und keuchte hilflos. Die Hündin ließ sich von all dem nicht im Geringsten stören, leckte ihn weiter am Hals, hinter dem Ohr, am Nacken.

Der Wolf spürte die Zunge prickelnd über die Wunde fahren, sie erkühlte und betäubte sie; es war, als wenn die Zunge der Wunde dünne, schmerzende Schichten abpellte und sie mit einer leichten, heilen Haut überzöge. Es war so wie im Traum – wohl ging der Traum weiter: Ja, tatsächlich war es dieselbe Zunge, und zwar die der Wölfin, die er hätte kennen müssen und mit keiner anderen verwechseln dürfen! Selig-ängstlich lag nun der Wolf, ausgeliefert einer Betäubung, die ihn mit jeder weiteren Berührung der so seltsamen Zunge immer tiefer in sich hineinzog und ihm die Welt immer unverständlicher machte.

So verging Zeit, vielleicht schlief der Wolf wieder ein und gab sich dem Traum hin, aus dem zu erwachen ihm der Mut fehlte. Später brachte er es doch fertig, die Augen, die er so lange hat geschlossen halten müssen, wieder zu öffnen und auf seine Traumwelt zu schauen. Da hatte er sich an sie gewöhnt, hatte von ihr in sich Ruhe verbreiten lassen. Es war doch die *Andere!* Aber sogleich zweifelte er an, was er gerade sah: Wer war denn diese Andere? War sie wirklich die, für die er sie anfangs gehalten hatte? Gab es denn ziegenweiße Hunde überhaupt? Er hatte noch nie einen gesehen – vielleicht war dies doch die Wölfin? Die Menschen hatten sie nicht erschlagen, nicht erschossen, haben sie am Leben gelassen und zu einer Hündin gemacht, und sie hat ihnen dankbar und treu gedient, und mit der Zeit ist sie, weil sie sich von gesäuerter Milch, Menschenausscheidungen und bestenfalls gegartem, gedörrtem Fleisch ernähren mußte, verblichen und verkümmert! Aber nicht an jedem Körperteil war sie verändert – die geduldig-gütigen Augen und trotzig-unermüdliche Zunge waren doch geblieben, so wie sie immer gewesen! Nun muß es ihr, endlich in den Bergen, in der Höhle, weg von den Menschen und ihren lärmenden, stinkenden Tierknechten, wieder eingefallen sein, was sie einst gewesen war, und damit hat sie sich an ihn wieder erinnert!

Wohl glaubte der Wolf der eigenen Mutmassung nicht ganz, aber der Gedanke, es könnte alles so sein, gefiel ihm irgendwie. So geschah es, daß er die Zärtlichkeit der Hündin immer ergebener genoß und dabei umso schuldbewußter auf die Blutspuren an ihrer Schulter schaute: übel hatte er sie zugerichtet! Irgendwann dann richtete er sich auf und fing an, die Hündin zu belecken. Und sogleich fiel er in einen Rausch, der tief und lange wirkte. Es mußte ein völlig neuer und verheerend gewaltiger Zustand gewesen sein, er konnte sich nicht erinnern, wann er zuletzt und ob früher überhaupt mit *ihr* je Ähnliches erlebt hätte.

Das Blut, an dem er schuld war, und das nun, vertrocknet und in dünnen, unterbrochenen schwarzen

Fädchen auf dem hellen Fell klebte, löste sich schnell auf und hatte einen so seltsamen Geschmack, den er von keinem Tier kannte. Er konnte sich auch nicht mehr erinnern, wie es geschmeckt hatte, als er in sie biß und sie darauf mit verströmendem Blut an seinem Rachen hing. Auf dem langen, beschwerlichen Weg, während er sie herübertrug, muß er von ihrem Blut reichlich geschluckt haben, aber an den Geschmack konnte und konnte er sich nicht erinnern. Dann versuchte er sich an den Geschmack der Wölfin zu erinnern, was ihm seltsamerweise ebenso wenig gelang. Jede Erinnerung an sie schien in ihm erloschen. Es schien keine Wege und Pfade mehr zu geben, die zurückführten zu dem, was einmal gewesen. Sie waren wohl alle vom Staub der Zeit verweht und zersetzt. Vielleicht hat soeben etwas Neues, Gewaltiges begonnen, gegen das aufzukommen dem Alten, Verblichenen nicht zustand.

Einmal angefangen, konnte er von ihr nicht mehr ablassen. Es gierte ihn nach ihr, nach jedem Zungenstrich mehr als je zuvor. Er schien verwandelt, schien krank, aber schön: alles in ihm schien hell und weich – vielleicht war er doch wieder zurückversetzt in die Vorzeiten am anderen Ende der verwehten, zerronnenen Wege… So hing er, so klebte er an ihr. Er wußte nicht, wie lange. Aber es war, wäre es früher geschehen, unverständlich, und wäre es später geschehen, unverzeihlich lange Zeit vergangen, als er endlich wieder imstande war, von ihr abzulassen. Da war jede Wunde verheilt. Er fühlte sich taumelig vor Wonne und vor Hunger auch.

Bei ihr, der Hündin, war es anfangs einzig aus Überlegung geschehen. In der stickig-finsteren Grube der Wolfshöhle gelandet, dazu mit ihrem Verbrechen an dem grausam großen und starken Rüden, hat sie die Ausweglosigkeit ihrer Lage schnell erkannt. Und es erschien ihr unbegreiflich, weshalb Er sie bis jetzt am Leben gelassen und vor allem, weshalb Er sie weit hierher geschleppt hatte. Sie wußte zwar, daß Wölfe keine Hunde, sondern Schafe fraßen. Aber warum hat Er dann sie aufgeschnappt? Wohl weil Er zu keinem Schaf gekommen war. Sie, die sich hin und wieder an Zieseln und Wieseln vergriff, die sie dann nie fraß, konnte ihn durchaus verstehen. Sie hatte Murmeltiere und Hasen im Sinn, doch passierte schon mal ein Ausrutscher. Da sie es gewagt hatte, Ihn auf dem Weg zu den Schafen zu hindern, war es wohl dies: Sie hat die Strafe verdient! Weshalb aber hat er sie dann nicht auf der Stelle erledigt? Statt dessen hat er sie über Berge und Täler geschleppt! Darauf wußte sie keine Antwort. Aber verdächtig war es irgendwie sehr. So fand sie keine Ruhe und wanderte unermüdlich auf verstrickten und verhedderten Pfaden der Überlegung.

Mitunter wagte sie anzunehmen, daß dies mit ihr als Hündin zu tun haben könnte. Dies gefiel ihr nicht besonders, aber stark erschrecken tat es sie auch nicht. Andere Möglichkeiten schienen ihr so grausam, daß sie diese schnell wieder verwarf und sich an der einen unwahrscheinlichen, aber schmeichelnden Möglichkeit festklammerte.

Dann war auch sie eingeschlafen. Und auch sie hatte geträumt. Aber es war ein Alptraum. Der Wolf entstellte sie, zerfetzte sie bei lebendem Leib, biß und riß ihr alle Enden ab, brach ihr den Bauch auf, kroch darein, kaute an ihren Gedärmen, an ihren Nieren, schmatzend und knirschend. Erwachend fand sie sich in Angstschweiß, der mit dem Blut und dem Gestank des Wolfes vermischt, sie zu einem Würge- und Brechreiz zwang. Sie bebte am ganzen Körper. Lange brauchte sie, bis sie den aufsteigenden Reiz niederhalten und ihn dann bezwingen konnte.

Weshalb hat Er mich, die ich ihn mit jedem weiteren Augenblick und Sprung immer schlimmer verwundet habe, weshalb denn hat Er mich am Leben gelassen und hält nun mich in seiner Höhle eingesperrt? fragte sie sich wieder und wieder. Anstelle einer Anwort bekam sie schließlich Schüttelfrost, der nicht vergehen wollte und sich unter ihrer Haut niedergelassen hatte und nun verbreitete. Sie sah, daß der Wolf schlief, aber sie konnte sich dazu nicht entschließen, sich zu erheben und darüberzuschreiten. Sie durfte es nicht wagen, sie hatte Angst. Deshalb wollte sie ihr Glück anders versuchen: Erst einmal von einer neuen Seite her. Sie mußte ihre Angst und ihren Widerwillen vor dem Ungeheuer da überwinden, mußte mit Verstand und Geduld auf Es losgehen. Dabei war sie fest gewillt, alles hinzunehmen und zu ertragen, auch Ablehnung und Feindseligkeit, auch selbst Erniedrigung und Tod. Ja, selbst wenn es der Tod sein sollte, dann würde dieser ein anderer, besserer, da schnellerer und milderer sein als der, den sie ohnehin bekommen würde.

Wie erleichtert war sie, als der gefährliche, wundgebissene, hügelige Wolf nach dem ersten Angstschreck und dem grimmig-hilflosen Blick die Augen wieder schloß und sanft in Liegestellung zurückging! Das Wolfsblut war widerlich, stickig im Geschmack. Und der Geruch, der vom Wolfskörper ausging? – aber sie mußte es aushalten. Diese Empfindung wurde auch dann nicht anders, als sie einander beleckten. Wenn es nach ihr gegangen wäre, sie wäre bedeutend früher aufgestanden und auf Nahrungssuche gegangen, denn sie war vom Hunger arg geplagt und schwer geschwächt. Aber die Angst saß immer noch in ihr, der Schüttelfrost lag unter ihrer Haut, rieb sie still und ohne Unterbruch am Fleisch und trieb sich, gleich unzähligen Nadelspitzen, in die Knochen. Sie durfte in Ihm auf keinen Fall Mißtrauen erwecken, so tat sie Ihm den Gefallen, erhielt Ihm, selber hellwach, Seinen Rausch weiter.

Das war am Anfang. Die Bewunderung, das Vertrauen, das Hingerissensein, die Sucht – kurz: der Sog, der von Ihm ausging und sie vor Ihm ohnmächtig machte, kam erst später. Dann kam er wohl unsichtbar, unhörbar und unfühlbar zu ihr. Dennoch blieb die Angst wach in ihr, hielt sich nur tief in einer hinteren Mulde, am Ende einer Umkehr vielleicht versteckt, erwachte aber wieder und wieder. Das merkte sie selber und wunderte sich im Stillen darüber, wieso sie sich denn so lange hat halten können im verblendenden und ersäufenden Lichtschein des Anderen. Denn dazwischen lagen viele blinde, geile, dumpf andauernde Tage und Nächte mit schwer vollem Magen und schwerst vollem Herzen. Mit der Zeit merkte sie, daß sie Ihn bewunderte, Ihm vertraute und ihr Leib sich zu dem Seinigen hinriß: Am liebsten hätte sie den großen, schweren Rüden mit Haar und Haut in sich einverleibt und wäre gleichzeitig selber in Ihn hineingekrochen!

Gleich ihre erste gemeinsame Jagd war wunderschön und endete unvergeßlich. Es war eine bewölkte, dumpfe Nacht. Sie trabten Schnauze an Schnauze etliche Seitentäler hinab und hinauf, überquerten etliche Bergkämme und Ebenen. Die Hündin schleppte sich mühsam, taumelte und stolperte zwischendurch und kam sich wie blind vor. Dem Wolf erging es nicht besser; der Rausch, in den er geraten war, dauerte nicht nur immer noch an, er nahm sogar zu, ging wieder und wieder in kurze, stoßartige Schwindelanfälle. Doch vermochte dies den Sinn weder zu dämpfen noch zu trüben, den Sinn, der außerhalb des Reiches der anderen Sinne, vielleicht in einem der Sterne, vielleicht in einem der Berge wohnte. So wußte der taumelige, rauschtolle Wolf selbst in den Augenblicken des Schwindelanfalles stets, an welche Pfade er sich zu halten hatte. Um alle Ails und Herden machte er einen weiten Bogen. Der Hündin drohten die Kräfte auszugehen, der Faden ihrer Geduld wurde immer dünner und spröder und drohte, jeden Augenblick zu reißen. Aber sie wußte, daß sie hier nichts zu entscheiden noch zu beeinflussen, dafür aber wohl eine Prüfung zu bestehen hatte. So trabte sie neben ihm weiter, stieß ihn hin und wieder mit der Schulter, mit den Rippen, lehnte sich einen Lidschlag lang an ihn, bestrebt, es um jeden Preis auszuhalten, mit ihm Schritt zu halten und so sein Anfangsvertrauen zu ihr auch künftig wachzuhalten.

Endlich hielten sie an. Es war jenseits der großen Talniederung mit dem ausgetrockneten Flußbett, es lag von dort aus, wo sie aufgebrochen waren, hinter drei Bergrücken. Der Wolf hockte sich auf den Hintern, streckte den Hals aus, spitzte die Schnauze nach oben, witterte die Luft. Dann gähnte er ausgiebig, was in ein leises, langgezogenes und durchdringendes Winseln überging. Darauf wälzte er sich, sprang auf und schüttelte sich kurz und heftig. Er wurde unruhig, seine Bewegungen wirkten windig, steckten an. Dann begaben sie sich talaufwärts.

Sie hielten Abstand voneinander, der Wolf lag um einen Hals vor. Plötzlich duckte er sich, erstarrte auf der Stelle; die Kammhaare standen ihm zu Berge. Sie machte alles mit, dies jedoch nicht, um ihm etwa weiterhin den Gefallen zu tun. Etwas war in ihr erwacht. Die Erschöpfung war verflogen. Auch sie machte durch die Lücke hoher Grashalme verschwommene Schattenrisse aus, die aus dem wackligen Schummerlicht fester und dunkler herausstachen, und erkannte sie als Pferde: einige standen und grasten, andere lagen – und alles zusammen strahlte sommernächtlichen Frieden aus.

An die Erde geschmiegt und gesammelt, schlängelte sich der Wolf im taunassen, stillen Gras stürmisch vorwärts, die Hündin lag in seiner Spur, arbeitete sich zielstrebig voran, als wäre ihr Hals verwachsen mit dem unsichtbaren Ende des Schwanzes, der sich vor ihr hin-

und herwand. Irgendwie ahnte sie, daß der Wolf gleich losschnellen würde, und so hielt sie sich, ihm folgend, jeden Augenblick sprungbereit. Dennoch gelang es ihr nicht ganz, nicht auf den Lidschlag, als es losging. Sie lag noch auf der Erde, als er abhob, sie hing noch in der Luft, als jener schon wieder mit einem dumpfen, schweren Schlag die Erde berührte. Aber sie war schnell, blieb einen halben Sprung hinter ihm, war sein verlängerter Schwanz, sein heller Schatten. So kam sie schon an, als das Fohlen, das der Wolf an der Wade gepackt hatte, noch an seinem Rachen hing. Es wurde seitlich in die Höhe gerissen und durch die Luft geschleudert. Als es dann gegen die Erde knallte und das helle Gewieher, das erst in der Luft angesetzt hatte, jäh abbrach, war die Hündin schon zur Stelle. Das Opfer kam nicht dazu, einen weiteren Laut des Lebens, und in diesem Falle, des Sterbens auf den Weg zu schicken, sie biß es in die Gurgel, kaute und zerrte und riß sie schließlich durch. Das heiße, quirlige Blut, das ihr zischend entgegenschoß, sog sie gierig durch die eigene Gurgel. Es war im Geschmack und im Geruch mit nichts zu vergleichen, was sie kannte. Das war doch kein Blut, das mußte die Glut eines erst begonnenen, nun aber schon erlöschenden und scheidenden Lebens sein; diese Glut nun flammte naß und eilig ihr entgegen aus der Schlagader des noch zuckenden Körpers. Vielleicht war es der Hündin bewußt, daß dies das letzte Werk eines noch schlagenden, aber schon stockenden und erlöschenden Herzens war. Vielleicht, denn es machte sie wahnsinnig, erweckte in ihr Dinge, die sie bisher nicht gekannt hatte.

Je rasender sie wurde, während sie das fremde Leben auslöschte und darauf gierte, dessen Hülle, den Körper, aufzubrechen, umso wacher wurde sie den Gefahren gegenüber, die ihr eigenes Leben umgaben. Das wilde Hufgetrappel, das sich entfernende vielstimmige Gewieher der ausreißenden Herde behielt sie im Sinn wie den Wolf nebenan, der angefangen hatte, die Bißwunde zu einer Kuhle zu vertiefen und von dort aus sich in das Waden- und Keulenfleisch hineinzufressen.

Ein wildes Geschrei ertönte, die Erde erzitterte – eine dunkle Gestalt näherte sich gellend und tosend. Der Wolf ließ vom Aas ab, zog sich zusammen und erstarrte, wich kurz zur Seite aus, als die Gestalt vorüberbrauste und schnellte ihr im gleichen Augenblick hinterher. Die Hündin, die es dem Wolf gleich tun wollte, flog in die Luft, schlug auf die Erde und purzelte ein paarmal. Ein Fuß des vorüberjagenden Hengstes hatte sie in die Höhe geworfen; daß sie dicht an das Bein geraten war, ist ihre Rettung gewesen. Aufspringend folgte sie dem Wolf, der vom Hengst schnell abließ und sich nun in die entgegengesetzte Richtung stürzte. Dort war die Herde, und diese mußte sich immer noch auf der Flucht befinden, denn es dröhnte und lärmte aus der Himmelsrichtung. Aber da vernahmen sie ein lautes Gewieher, es war ganz nah, erklang trübe und zog sich in eine zittrige und wehmütige Länge. Es war eine Klage in der Pferdesprache, die für jeden Artfremden verständlich war. Es mußte die Mutter des Fohlens sein, die vorher im allgemeinen Tumult nicht hatte merken können, wo ihr Kind war, es nun aber vermißte. Wolf und Hündin stürzten sich ihr entgegen und machten schnell die schwarze Gestalt aus, die sich ihnen näherte. Da merkte die Unglücksstute die Gefahr endlich, schnellte zur Seite und nahm die Flucht in Richtung Herde. Der Wolf holte sie ein, sprang sie von hinten an, glitt aber an ihr ab. Darauf verfolgte er sie nicht mehr und preschte zur Seite. Die Hündin war folgsam, war immer noch sein verlängerter Schwanz, sein heller Schatten. Doch war sie ein wenig durcheinander, begriff manches nicht mehr.

Einen Augenblick später stürmte der Hengst vorbei, er folgte der Stute und der Herde. Er glich einem kleinen Orkan, einer großen Kugel, er riß alles, was ihm unter die Hufe kam, nieder, es schien, als zerreiße er selbst die Nacht. Nun liefen die beiden zurück, suchten das Aas auf und begannen, sich mit dem inzwischen toten, aber immer noch warmen, zarten Fleisch vollzuschlagen. Sie fraßen das Fohlen bis auf Haut und Knochen, fraßen nun ungestört. Es war das Beste von allem, was die Hündin je hatte haben dürfen.

Sie waren so voll- und schwergefressen, daß sie stöhnten und ächzten, als sie sich davonmachten. Jetzt gingen sie auf einem anderen Weg, bogen bald ab, kletterten einen Berghang hinan, der steil abfiel und aus nur großen, kantigen Brocken zu bestehen schien. Mit Mühe erreichten sie den Rand des Gletschers, fielen in eines der Geröllaugen, fielen jäh in einen Schlaf, der gleich einer kleinen, sich verdichtenden Nacht innerhalb der großen, sich auflockernden, über die beiden kam.

Im Schlaf lagen sie aneinandergeschmiegt, waren ein Körper; jede Hälfte spürte die andere allgegenwärtig und vergaß sie nicht – ebenso vergaß sie für keinen Augenblick die Gefahren, die von allen Seiten her auf sie lauerten, auch die nicht, die in jeder wachlagen gegen die andere. Doppelt wachte ein Sinn außerhalb des vereinten Körpers, wachte mit- und gegeneinander. Abwechselnd hoben sie den Kopf, hielten Ausschau, ließen sich aber sofort wieder fallen und begannen zu schnarchen. So schliefen sie gut und lange. Es war ein guter Tag, es regnete. Es war ein Sprühregen, der bis zum Abend nicht gehen konnte, der bleiben mußte und auch blieb.

Hinter dem Regengrau, den Nebelfetzen unten im Tal wußte die Hündin die Herden und Menschen und Jurten. Und die Hunde. Sie wußte jene vor den Jurten in einem seichten Schlaf liegen und in einem seichten Traum von nicht allzu harten, saftigen Knochen, nicht allzu dünnem, milchsäurigem Kesselwaschsud schwelgen. Hunde, die auf sonstige kleine Gaben warten, die auf Menschen warten, welche aus einer der Jurten treten und mit einem *Lawaschak** um die Schultern auf die Anhöhe gehen, hinter der viele Wollbüschel und Papierfetzen liegen. Sie wußte diese Hunde leicht und schlank, sie warteten auf Menschen, schauten auf ihre Hände, was diese hielten: einen Stein oder einen Knochen.

Für die Hündin waren alle Wege dorthin versperrt. Die Berge und Steppen würden nun die Jurte sein, in

* *Tuwa = mantelartige Tracht in warmen Zeiten.*

deren Nähe sie sich aufhalten müßte. Und der Wolf würde ihr Herr sein. Auf ihn, auf seine Zähne würde sie ab da schauen und wissen, was er für sie bereithält. Er hat sie überzeugt. Er ist stärker, schneller und geschickter selbst als der Schwarze mit dem buschigen, schweren Schwanz und den feuerroten Augenbrauen, der einzige unbeschnittene Rüde unter allen Hunden im Ail. Sie hat sich oft, wie alle Hündinnen, in seiner Nähe aufgehalten, hat sich bei jeder Gelegenheit gegen seinen großen, festen, dicht und lang behaarten Körper angelehnt. Nun der Wolf. Sie würde von seiner Seite nicht weggehen, selbst zu jenem nicht.

So lag die Hündin in einem leisen, beginnenden Rausch, noch Glut nur, vielleicht. Dabei wußte sie noch nicht, daß diese Glut wachsen, eines Tages eine Flamme gebären könnte, in deren Licht und unter deren Hitze sie wahnsinnig vor schmerzvoller Wonne stehen würde. Der Wolf lebte unverändert im Rausch weiter. Den mächtigen, runden Hals unter den schlanken, knochigen Kopf der Hündin geschoben, dachte er an die *Andere*, die größer und geschickter, auch um einiges ansehnlicher gewesen sein mochte als *Diese*. Dennoch empfand er kein Verlangen danach, es anders zu haben als jetzt, in diesem Augenblick, den er am liebsten festgehalten und sich, wie die Hündin auch, unter den Hals, unter die Schulter geschoben hätte als Kissen seines Wohlgefühls.

Weitere schöne Tage und Nächte folgten. Ein langer, regnerisch-nebliger Herbst lag über Berg und Steppe. Es gab reichliche Beute, an die sie immer überlegt und wählerisch herangingen. Die Hündin nahm zu, erstarkte und erwachte nach innen wie nach außen. Sie gewöhnte sich an das Räuberdasein und beherrschte seine Regeln. Ihre Ohren spitzten sich, ihr Fell nahm eine rötlich-graue Färbung an. Aus der einstigen dürren, fahlen Hündin mit dem zänkisch-schreihalsigen Gekläff war zu Anfang des Winters ein nicht nur stattliches, für Tier und Mensch gefährliches, sondern auch für den Wolf unwiderstehliches Wesen geworden.

Der Rüde wurde mit der zunehmenden Kälte immer unruhiger, verfiel noch tiefer in den Rausch. Nun klebte er regelrecht an der Hündin, verlor mitunter sogar die Führung an sie. Was ihr nur recht war. Aber als er heiß wurde und sie zur Paarung bewegen wollte, widersetzte sie sich entschieden, ließ ihn Tage und Nächte hängen, ließ ihn wieder und wieder um sie werben. Sie schien nicht zu erweichen, blieb abweisend. Da wurde er gewalttätig, biß und warf sie zu Boden, es sah aus, als wollte er ihren Widerstand um jeden Preis brechen. Da erwachte die Angst in ihr, doch war die nicht so groß, daß sie sich ihm auf der Stelle hätte ergeben müssen. Wohl hätte der Wolf noch gewaltiger sein, sie erst einmal kaputt- und ein wenig auch totbeißen sollen. Später erinnerte sie sich oft an diese Zeit und suchte herauszufinden, weshalb sie sich so unnachgiebig verhalten hatte.

Vielleicht ist es die Hemmung gewesen, die sie hätte überwinden müssen. Sie hatte noch keine Erfahrung mit einem männlichen Wesen gehabt. Dann war noch der Wille, der in ihr erwacht war: sich dem körperlich größeren und stärkeren Rüden nicht zu unterwerfen. Das mochte vom Fehlgriff des Wolfes herrühren, der ihr zu schnell und zu tief verfallen war, wofür er nicht viel gekonnt hätte, da ihm das Weibliche bitter gefehlt hatte. Selbst ein so artfremdes und gattungsfernes Lebewesen wie eine Ziege oder eine menschliche Frau hätte bei einigem Verstand ihn, den verwitweten und verbitterten und verhärteten, jedoch auf ständiger Suche nach einem Ausgang aus der Not lebenden Rüden, erweichen und zu einem scheinbaren Gegenteil seines nach Blut und Fleisch gierenden Wesens zwingen können. Schließlich war es der Trotz, der in der Hündin erwacht war und seinerseits nun Kränkung wachrief: Ja, in jener Winternacht mußte sie die schwerste Kränkung hinnehmen. Der Wolf, der sich so gefährlich gebärdet hatte, als würde er sie demnächst in Stücke reißen, ließ inmitten des Rasens mit einem Mal von ihr ab und lief in das graufinstere Gebrause des Schneesturmes hinaus und kam nicht zurück.

Sie blieb auf dem Rücken, mit eingezogenen Gliedern eine kleine Weile weiter liegen, in Angst wie in Trotz, wälzte und wand sich darauf im Schnee, winselte und wimmerte und fing dann an, die Wunden, an die ihre Zunge gelangen konnte, zu lecken. Später ging sie dem Rüden nach, fand seine Spuren schnell und blieb daran. Er war dahingejagt, sie lief mühsam und lange. Irgendwann geriet sie auf die Fährte eines Rudels, witterte den vertrauten Geruch des Wolfes mit fremden Gerüchen vermischt. Ihr wurde bange, und sie blieb unschlüssig stehen. Dann kehrte sie um.

Der Wolf holte das Rudel nicht mehr ein. Er sah die Fährte platzen und auseinanderstieben. Etwas mußte vorgefallen sein. Aber er kehrte trotzdem nicht um, er konnte es nicht, er war krank, wurde von dem Drang vorangejagt, der vor Tagen in ihm erwacht, überreif inzwischen, und ihn zur Tollheit trieb. Der bohrende und würgende Drang mußte ausgetragen werden. So strengte er seinen Spürsinn an, ging einer der Spuren nach und fand genau die, nach der er suchte: die Wölfin. Sie war nicht allein, zwei angehende Rüden aus dem großen Rudel liefen ihr hinterher. Der ausgewachsene Rüde mit der Kampferfahrung und der Tollheit in allen Adern wurde mit ihnen schnell fertig und ermächtigte sich der Wölfin, die an der Spitze eines Rudels tage- und nächtelang vorangejagt und nun am Ende ihrer Kraft war. So war sie nicht mehr imstand, großen Widerstand zu leisten, als der fremde, mächtige Rüde plötzlich auftauchte und sich mit einer mörderischen Gier auf sie stürzte. Auch die Wölfin war längst heiß, es ging zu Ende mit ihrer Geduld, und so war der zu allem fähige Rüde wohl ihre Erlösung.

Seit dem Ende der Wölfin hatte der Wolf enthaltsam gelebt. Ausgeruht und aufgefüllt wie er war, hatte die neue, zufällige Gefährtin an ihm nichts auszusetzen, war zufrieden mit ihm. Sie hätte ihn gern bei sich behalten, auch er wäre gern bei ihr geblieben. Aber der Rüde, dem die Wölfin gehört hatte, tauchte plötzlich auf. Er war der Gefahr, die ihn aus einem Rudelführer zu einem Flüchtling gemacht hatte, entkommen. Nun kam er ihnen hinterhergestürzt, rasend vor Wut auf die Frechheit des Fremden, aber auch auf die Fremdgeherei der Gefährtin. Er war ein großer, starker, vor allem aber ungestillter Rüde mit voller Ladung. Der Eindringling, der Gestillte, verlor den Kampf, so sehr er sich anstrengte, zu siegen und die Wölfin mit dem wunderbar knistrigen Fell und den straffen Muskeln darunter weiterzubehalten. Er verlor den Kampf nicht nur schlechthin, er verlor ihn so schändlich, daß er dabei um ein Haar sein Leben auch noch verloren hätte. Der Erboste, ein vom Warten auf den einen Augenblick gestählter und geschliffener Rüde warf ihn auf Anhieb nieder und überließ ihn den beiden Angehenden, die im Abwind des Liebespaares geblieben waren und jetzt noch dort liefen, längst in einem kleinen Wahnsinn. Diese stürzten sich nun mit mörderischer Lust auf den neulichen Sieger und jetzigen Verlierer, bissen ihn glattweg kaputt.

Der Wolf kam viele Nächte später, eines Mitternachts zurück. Die Hündin, die sich verlassen und verraten gefühlt und in Trauer und Not gelebt hatte, hörte und erkannte sein Geheul und anwortete sogleich. Und wie erleichtert und erfreut war sie dann, als sie seine vertraute Gestalt aus der grauen Finsternis auftauchen sah! Und wie erschrak sie aber, als sie darauf genauer hinschaute: Der Wolf war gelähmt, schleppte sich schwerfällig. Doch was war dieser Schreck gegen das, was dann in ihr plötzlich unübersehbar feststand, nachdem sie die fremden Gerüche und vor allem den einen Geruch wahrgenommen und ihm in die Augen geschaut hatte? Nichts!

Sie begriff alles. Und nun wußte sie nicht mehr, ob sie dableiben oder weglaufen sollte. Sie blieb. Nichts war so schrecklich wie die Einsamkeit. Also blieb sie und begriff wohl nach und nach, daß sie es verdient hatte. Denn sie war entschlossen, nicht nur alles zu ertragen, sondern auch die unverschämt-widerlichen weiblichen Gerüche aus nächster Nähe einzuatmen, aus dem Fell, dem Fleisch und Blut des Wolfes wegzulecken, hinunterzuschlucken und so zu vertilgen.

Gestillt vorerst und gebrochen auf lange Sicht ließ der Wolf mit sich alles geschehen. Aus seinem Blick sprach nicht nur Reue, nicht nur Dankbarkeit, da war auch Tadel, ja, haßvoller Tadel. Die Hündin ertrug und nahm alles hin, mal mit boshafter Befriedigung, mal mit zahmer Demut. Tage- und nächtelang lief sie allein auf die Jagd. Das hat sie in seiner Abwesenheit lernen müssen, nun setzte sie es fort. Sie war eine gute, ja bessere Jägerin als jeder Wolf. Sie kannte sich in den Gewohnheiten der Menschen und Hunde aus. So lief sie lieber zu den Ails in der Nähe als zu den Herden auf den fernen Weiden. Das war gewiß unvorsichtig, aber einfacher als die beschwerliche, endlose Lauferei.

Sie hatte keine Erfahrung mit der Mutterschaft, doch jetzt erwachte in ihr die Mutter. Sie kümmerte sich um den Wolf wie um eigene Welpen. Manchmal trieb oder zerrte sie ein lahmgebissenes lebendes Tier herbei, aber öfters kam sie mit einem vollgestopften Magen, erbrach das Fleisch für den Wolf und lief zurück, um nun sich selber sattzufressen. Der Wolf verhielt sich zu all dem still. Mit der Zeit verheilten seine Wunden, er kam wieder zu Kräften. Aber nun neigte sich mittlerweile der Winter seinem Ende zu, und der Brand in den Körpern erlosch. Damit legte sich die Leidenschaft, die ihnen vorerst nur Leiden bereitet hatte. Damit schienen auch die Ungereimtheiten vergessen, schien sich ihr Zusammenleben wieder in die gewohnte Bahn einzurenken. Sie lebten nun ohne die verzehrende Leidenschaft, mit dem guten Stück Gewohnheit weiter miteinander, jeder brauchte den anderen, benötigte sein Dazutun. So hatte jeder seine Aufgabe, aber auch seinen Platz im Gehen wie im Ruhen. So war es ein Leben nebeneinander.

Gerade deshalb wohl wurden sie immer geschickter im Finden des Fleisches, das ihre Mägen täglich brauchten. Sie wurden zu einem erfahrenen Paar, eingespielt aufeinander. Doch mahnte der Sinn, der außerhalb des Körpers liegen mußte, hartnäckig vor Gefahren, die auf sie lauerten und unaufhaltsam näherrückten. Denn je mehr Blut sie vergossen, umso mehr zogen sie die Menschen auf ihre Spuren. Ja, die Menschen waren ihnen verbissen auf den Fersen. Also galt es, vorsichtiger aufzutreten.

So legten sie immer weitere Strecken zurück, bevor sie eine Herde überfielen, wechselten öfters die Berge und die Wälder, in denen sie sich aufhielten. Doch auf das Fleisch konnten sie keinesfalls verzichten. Also war es unmöglich, sich aus der lauernden Gefahr wirklich herauszustehlen – im Gegenteil: tagtäglich mußten sie diese Gefahr wecken und reizen und auf sich ziehen. Die Hündin wie der Wolf mußten wohl, so oft auch der Sinn auf die Ader der Vorsicht drückte, traurig-trotzig anerkennen: Wolfsein war auf ewig vorgegeben, Wolfsleben aber nicht. So lebten sie ständig in Erwartung der Stunde, die jederzeit eintreten und allem, der Pein wie der Wonne, ein Ende setzen konnte.

Diesmal fiel der Sommer trocken aus. Der Herbst darauf war kurz und kalt. Das erschwerte das Wolfsleben zusätzlich. Doch wußten die beiden dem trockenen Sommer und dem kalten Herbst so viel Blut auszulassen, wie sie brauchten. Der Winter kam eilig und brach mit Sandstürmen herein. Die Kälte blieb. Die Körper wurden an etwas erinnert, aber weder er noch sie wollten es wahrhaben. Tage und Nächte vergingen, und es wuchs bei ihr wie bei ihm zu einer immer schwerer drückenden Last.

Der erste Schnee, der mit Verspätung fiel, ließ das gegen Nieren und Kreuz drückende, stumm dahinschwelende Etwas aufplatzen, und mit einem Mal wurden beide von den Flammen eines Feuers erfaßt, das tief in ihnen brennen und die unsichtbaren Landschaften eine nach der anderen niederfressen mußte. Sie hatte weder die Lust noch die Kraft, sich ihm zu widersetzen, sie gab sich ihm hin, machte ihn wieder ein wenig zu dem, was er einmal gern hat sein wollen, zu einem völlig Anderen: hilflos Weichen und endlos Lieben. Und dabei wurde sie selber zu einer durch und durch Runden, Unerschöpflichen im Geben und Unersättlichen im Nehmen. Bald hatte sie das Gefühl, als ob sie sich umstülpte und ihm hinhielte: Hier, nimm, was und wie du es haben willst!

So lebten sie jetzt erst recht im Taumel, und der Zustand dauerte noch lange. Eigentlich kam jeder neue Lebenstag, der ihnen beschieden war, mehr und weniger im Licht jenes Feuers, das ihre beiden Körper im Kampf füreinander geboren zu haben schien.

Diese einträchtigen schneeweißen und -weichen Tage und Nächte lebten freilich vom Tod und Leid anderer, hinterließen Spuren des Blutes und der Tränen. Und diese Spuren führten immer wieder zu ihnen, zeitigten und riefen ihr Ende unweigerlich herbei. Das wußte er, das wußte sie.

Nun schien dieses lang erwartete, still gefürchtete Ende gekommen zu sein. Der Wolf hatte aufgehört, sie zu lecken. Sie lagen dicht beieinander. Er wie sie spürte hin und wieder die Stöße der Früchte nach außen. Dafür waren sie nun eigentlich sehr ruhig, wirkten geballt und klumpig, verhielten sich zwischendurch still und überlegt. Sie mußten mitbekommen haben, was geschehen war.

Die beiden lagen müssig da und lauschten und hofften auf einen günstigen Augenblick, um den Berg unbemerkt zu verlassen, sie rechneten damit, daß die Menschen sich zur Nachtruhe hinlegen oder mindestens zu einem Haufen zurückziehen würden. Sie warteten auf diesen Augenblick. Allein jene kamen und kamen nicht zur Ruhe, wachten und lärmten und beleuchteten sie von allen Seiten her. Und damit schüchterten sie die beiden ununterbrochen ein, zwangen sie, nicht vorzutreten und damit oben in ihrem kleinen, noch unsichtbaren Versteck, eigentlich aber in der sicheren Falle, zu bleiben.

Die Hündin spürte hinter ihren Nieren die leisen, ängstlichen Regungen weiter, während der Sinn des Wolfes woanders wanderte, etwas Verlockendem hinterherging. Gut, daß sie davon nichts ahnte. Dafür spürte sie, ebenso nur für sich, die Tränenkugeln, wie eine nach der anderen über einen ihrer Augenränder kullerte. Sie tat es und hatte das seltsame Gefühl, die Tränen wären nicht aus ihren eigenen Augen. Dabei sah sie das brechende Auge eines anderen Wesens, der gelben Yakkuh.

Es ist ein riesiges, klares Auge gewesen, überhaupt nicht blutunterlaufen wie sonst bei sterbenden Yaks, auch nicht ein bißchen zornig. Nein, es ist nur traurig, unendlich traurig gewesen und in Tränen verschwommen. Und diese haben den stacheligen Rand in zittrigen, klaren Kugeln verlassen und sich im buschigen, dichten Haar verloren. Die sonnengelbe Yakkuh ist eine der Mütter des Welpen gewesen, aus dem später die weiße Hündin wurde. Daran konnte sie sich dumpf erinnern.

Einmal hatte eine Hündin Welpen mit verschiedenen Fellfarben geworfen. Der Besitzer der Hündin mußte ein strenger, denn erfahrener Mann gewesen sein. Er hatte die mit heller Farbe ausgesondert und unter einem umgestürzten und beschwerten Dungkorb eingesperrt, um die Welpen verhungern zu lassen. Dies mochte einleuchten, da jeder Hund mit hellem Fell die Gefahr in sich barg, den Sinn des Viehs gegen den Wolf abzustumpfen.

Da war ein junger Mann vorbeigekommen und hatte einen der Welpen, den mit dem hellsten Fell, genommen und gemeint, aus dem würde ein guter Jagdhund, was wiederum einleuchtete, denn wer einen weißen Hund mit sich führte, brauchte bei den Murmeltieren so gut wie keinen Wedel mehr, um sie aufzureizen und daran zu hindern, in das nächste Erdloch hineinzuschlüpfen.

Den glitschig-winzigen, halbverhungerten Welpen brachte der Jäger in seinem Brustlatz nach Hause und päppelte ihn auf, nicht anders, als wenn man ein verwaistes Lamm oder ein Kind aufzog. Das Hundekind bewegte den Kopf hin und her und wedelte mit dem Schwanz, während es da hockte und dem Menschen zuschaute, wie der sich anschickte, es zu füttern. Anfangs bekam es Milch; diese leckte es meistens aus dem Napf, doch manchmal bekam es sie euterwarm, aus einer Zitze ins Maul gemolken. Letzteres mochte es besonders, hockte auf einem Menschenknie, hielt den Rachen aufgesperrt und schaute mit auslaufendem Speichel auf die Zitze. Am liebsten hätte es selber daran gelutscht und daraus getrunken, aber so weit ließ man es doch nicht zu. Trotzdem wurde die Welpe durch und durch verhätschelt, durfte an Dinge heran, die anderen Hunden nicht gestattet waren. Ein solches Ding war eben die Milch, die es ins Maul gespritzt bekam. Es waren Ziegen- und Yakeuter, unter denen es hockte und vor Gier und Lust vergehen wollte. Vor allem war es die hornlose gelbe Yakkuh, die so zahm war, daß es unter ihrem Bauch hindurch laufen durfte.

Dann aber das! Und es ist kein böser Zufall, nein, ihr, der inzwischen zu einer Wölfin gewordenen weißen Hündin Wille ist es gewesen.

Und es war so gekommen: Der Wolf und die Hündin hatten die kleine Yakherde schon tagelang beobachtet. Sie bestand größtenteils aus Vorsommerkälbern, einigen Hochträchtigen und auch ein, zwei Hinkenden. Es waren die von der großen Herde zurückgebliebenen Schonungsbedürftigen, sie grasten tagsüber auf einer nahen Weide und kehrten abends zum Ail zurück. Die Hündin wußte das und kannte einige der Yaks, allen voran die gelbe Kuh, die mit ihrem dicken Bauch auffallend groß wirkte und immer in einem Abstand hinter der Herde gemächlich dahertrottete.

Eines Abends dann schlichen sie sich an die Herde heran und lauerten in einem Versteck. Mit dem Sonnenuntergang und dem Einbruch des Eiswindes fingen die Kälber an, sich ailwärts zu begeben. Darauf folgten ihnen andere Tiere. Die gelbe Kuh blieb, wie immer, hinten. Die Hündin gab dem Wolf zu verstehen, er sollte dort warten, wo sie waren, und lief selber auf die Kuh zu. Diese erschrak anfangs arg und wollte davonpreschen, aber dann erkannte sie offensichtlich die Hündin wieder, denn sie fiel aus dem Galopp und ging langsamer. Die Hündin schickte sich an, mit ihr zu spielen, warf sich vor sie hin, wälzte sich und kroch winselnd und mit dem Schwanz wedelnd auf sie zu. Die Kuh blieb stehen, schaute ihr verwundert zu. Dann wollte sie doch gehen, schüttelte den Kopf, hob den Schwanz und trabte in einem sanften Bogen an ihr vorbei, der Herde hinterher, die sich schon beträchtlich entfernt hatte. Die Hündin federte immer noch mit spielerischen Sprüngen voran, schnitt ihr den Weg ab, brachte sie wieder zum Stehen. So standen sie abermals einander gegenüber, nun dichter und anders. Die Hündin hatte sich zusammengezogen, knurrte, und die Kammhaare standen ihr zu Berge; die Kuh starrte verwirrt auf sie, schnaufte laut und fing an zu zittern. Da machte die Hündin mit einem Mal den Ansatz loszuspringen, worauf sich die Kuh rasch umdrehte und davonpreschte. Die Hündin ihr hinterher, aber nur so schnell, wie die Kuh es schaffte. Jedesmal, wenn diese versuchte, zur Seite zu schwenken, wurde die Verfolgerin schneller und lauter. So wurde die gelbe Yakkuh schnurstraks auf den Wolf zugetrieben.

Der war plötzlich da. Nun blieb der Kuh nichts anderes mehr übrig, als in ihren Tod zu rennen. Aber der Tod war noch weit, war erst dort, bis wohin der letzte Rest ihrer Kräfte reichte. Freilich ließ sie keine Gelegenheit unversucht, auszubrechen und in die rettende Nähe einer Herde oder gar eines Ails zu gelangen. Die Verfolger jedoch wußten, ihr jeden Versuch zu vereiteln. Mehr noch, jedes Abweichen vom aufgezwungenen Weg, jeden Ungehorsam hart und blutig zu bestrafen: Bisse gab es darauf, und jeder Biß riß einen Batzen Fleisch vom Körper herunter.

Die Kuh wurde immer langsamer, keuchte und grunzte immer schwerer. Der noch heile Vorderteil des Körpers schleppte den zerfetzten Hinterteil immer mühseliger voran. Schließlich blieb sie stehen. Aber die Mörder machten sich nicht die Mühe, das Opfer erst zu töten. Anstatt dessen gingen sie erst recht daran, die wunden Stellen auszuweiten, sich in das warme, zarte Fleisch unter der einmal aufgerissenen zähen Haut einzufressen und die Hinterkeulen auszuhöhlen. Irgendwann brach die Kuh zusammen. Tot war sie jedoch noch lange nicht. Sie atmete, keuchte und stöhnte, grunzte und brüllte sogar, als riefe sie nach der Herde, den Menschen, nach einer Hilfe, so klein und spät sie auch wäre. Eine große Hilfe wäre es gewesen, wenn die Mörder ihr wenigstens jetzt an den Hals gesprungen wären und die Schlagader aufgerissen hätten. Allein weder der Wolf, der sich an diesem und jenem Herdengenossen, vielleicht sogar am Nachwuchs der sterbenden Kuh so manches Mal sattgefressen haben mußte und es weiter noch tun würde, noch die Hündin, die deren Milch getrunken hatte – keiner tat es. Der beiden Sorge war nicht der Tod der Kuh, sondern das Auffüllen der Mägen mit bluttriefendem, warmem Fleisch. So mußte die Kuh weiterhin am Leben bleiben und dem irrsinnigen Schmaus von Wolf und Hündin an ihr selbst zuschauen; der nach oben gekrümmte Hals lag auf der immer noch heilen Vorderkeule, und an dessen Ende erhob sich der Kopf mit dem Gesicht, hell schimmernd und ihren Mördern zugerichtet.

Sie starb erst gegen Morgen, kurz darauf, nachdem sie ihr den Bauch aufgerissen hatten. Und während sie dies taten, fiel der Blick der Hündin auf das große Yakgesicht, das, hell und kühl, ihr entgegenhing und spiegelgleich alle Welt in sich aufzunehmen schien. Und da sah sie das in Tränen schwimmende, unsäglich traurig, nur traurig und kein bißchen böse herüberblickende Auge und die glitzernd hellen Kugeln, stumm und unaufhörlich, über den Augenrand fließen.

Nun, viele Nächte später, sah sie jenes Gesicht, jenes Auge mit den Tränen, deutlicher und näher als damals. So sehr sie sich einredete, das Gesicht wäre erloschen, das Auge gebrochen und beides zerronnen wie die Tränen, so sehr sie sich einbildete, alles wäre inzwischen nur noch Eis, nur noch Stein – es verging nicht, es blieb wach und unabwendbar, schaute, glotzte herüber.

Die Hündin sah das Gedärm, das hinter dem Riß geräuschvoll hervorquoll, sah die Gebärmutter, die ein prallvoller, rosaroter Sack war und heftig zuckte. Sie sah sich selber über dem zuckenden Sack, sah sich zucken, hörte sich knurren: Gern hätte sie den Sack zerrissen samt dem, was darinnen steckte. Aber da hörte sie den Wolf knurren und wußte, es ging nicht.* Aus Wut darüber, daß ihr in dieser großen Stunde ihres Lebens eine Lust ungestillt bleiben mußte, grub sie die Schnauze schnell in den Hügel aus dampfenden Gedärmen, biß in den Fettklumpen, der die Niere war, und riß ihn mit einer so übermäßigen Gewalt aus dem verkrampfenden Leib heraus, daß sie zurückschnellen und hart auf den Hintern fallen mußte. In diesem Augenblick traf ihr

* *Wölfe zerreißen weder Pansen noch Gebärmutter. Oft dienen sie ihnen als Tragebeutel ihrer eigenen Welpen.*

Blick das große, pralle Euter mit den kleinen, starren Zitzen; an der Spitze einer dieser sah sie einen winzigen, beerenrunden Klumpen, der im Schein des nahen Blutes und der nahenden Sonne rötlich gelb schimmerte und einem Tupfen flammender Erde, einem Tropfen schmelzenden Himmels glich.

Nun kam die Helligkeit wie damals, unaufhaltsam, die Sonne stieß zäh aus der Nacht hervor, erkletterte zielstrebig den Himmelsberg – der letzte Tag der Feuer-Yakkuh brach unbeirrbar und gewaltig herein. Und mit eben der unbeirrbaren Kraft des Sonnenlichts, das die nächtliche Finsternis niederstampfte und der Zeitflut den Weg ebnete, schienen die Menschen sich auf sie zuzubewegen. Lärmend rückten sie von allen Seiten heran. Die beiden mußten ihr nächtliches Versteck aufgeben, mußten weiterflüchten, mußten auf den schmalen, spitzen Gipfel des Berges klettern, wissend: es war verkehrt, es konnte nur das Ende sein.

Grimmig schaute der Wolf auf die Welt, auf die Hündin. Alles, was sie tat, paßte ihm nicht. Sie war nicht schnell und nicht leise genug. Jedes Unglück braucht einen Schuldigen; hier war es die Hündin, das schwächere Glied des Gespannes. Ja, sie war schuld, daß es so gekommen war. Wäre sie nicht gewesen, dann wären die Menschen wohl nicht auf den Berg gekommen. Und selbst wenn die Menschen den Berg hätten absuchen wollen, selbst dann hätte er, wäre sie nicht gewesen, es irgendwie gewußt, sich während der langen, finsteren Nacht aus der Falle herauszustehlen. Ja, trotz der Feuer, der Menschen, ihrer bedrohlichen Gelärme und Zurufe, trotz allem hätte er irgendwie die Umzingelung durchbrechen können. Aber die Hündin mit ihrem dicken Bauch und dem baumelnden Fuß hat winselnd vor seiner Nase gelegen, und er hat den Fehler seines Lebens gemacht, sich von dieser ab- und zurückhalten zu lassen, und so hat er die Gelegenheit verpaßt. Nun gab es kein Entkommen, keine Rettung mehr.

Die Hündin stand klein und geknickt vor der Welt, die vor allem aus dem großen, grimmigen Wolf bestand. Sie bebte und zitterte und schaute dem, was auf sie zukam, mut- und blicklos entgegen. Das kam zuerst sicherlich von der Angst, aber auch von der Verwundung und der Kälte. Die Erschöpfung, die sich in ihr ausgebreitet hatte, drückte sie gegen die Erde. Ihre ganze Haltung verriet Reue.

Das machte den Wolf argwöhnisch. Wie wirst du dich wohl verhalten, wenn die Menschen uns gleich erwischen? dachte er, sie fest im Blick. Wirst so leise und feige daliegen wie damals in der Wolfshöhle, vielleicht? Oder noch schlimmer: wirst reumütig deinen ehemaligen Herren entgegenkriechen und ihnen zu verstehen geben, an allem sei nur der da schuld – der böse-böse Wolf!

In der Tat war die Hündin zu allem bereit. Sie war bereit, den herannahenden Menschen mit lautem Gewinsel und wedelndem Schwanz entgegenzukriechen, und alles hinzunehmen und zu erdulden, was jene vorhätten. Dies aber nicht um ihrer selbst, sondern um der Leben willen, die sie in sich barg und noch zum Ziel zu tragen hatte. Aber sie hatte Angst vor dem Wolf, dessen wachsenden Grimm sie wie einen nahenden Sturm spürte. Also mußte sie sich verstellen, ihre Verwundung noch schlimmer herauskehren, als sie war. Doch im Wolf wachten alle Sinne, längst lag er auf Lauer, und es konnte ihm nichts entgehen. Er verfolgte die Hündin mit zunehmendem Argwohn, der schließlich in Haß umschlug. Und dieser Haß erhob ihn. Mit einem Mal fühlte er wilde Lust in sich, zu kämpfen und unbedingt zu siegen. Dabei spürte er schon den Vorgeschmack des Sieges, und dieser rief auf seiner Zunge, in seinen Zähnen den Geschmack des letzten Blutes, Fleisches und Markes wach, jenen süßlich-harnigen Geschmack, der immer noch dort geklebt haben mußte, an den Zähnen, an der Zunge eben.

Und er überlegte nicht lange, schnappte nach der Gurgel der Hündin, biß hart zu, kaute ein-, zweimal und riß sie auf. Die Hündin kam nur zu einem dumpfen, kurzen Gejaule, dann zischte und rauschte es tonlos aus der durchgerissenen Speiseröhre, und das Blut schoß aus dem sich windenden und zuckenden Körper. Es war widerlich süßes und harniges, herrlich heißes und schäumendes Blut. Es war dünn, war gut zum Durstlöschen. Und es berauschte.

Nun, nachdem aus der Hündin das Leben gewichen war und sie reglos dalag, kam sie dem Wolf, wie jeder tote Körper, schön und nah vor. Schon hatte sich der Grimm in ihm gelegt, jetzt war Stille dort, keine Totenstille aber eine schwärende Stille, die sich fing, verdichtete und gärte.

Indes rückten die Menschen von allen Seiten immer näher heran. Sie glichen Lawinen, die sich bergauf bewegten, und waren gemein laut: Brüllten, pfiffen, trommelten und polterten mit Eisen und Holz. Das erschreckte den Wolf nicht, es überraschte ihn nicht einmal. Es hielt ihn einfach wach. Es kam eben, was einmal kommen mußte – so nahm er es hin. Die Stille, die in ihm den Sturm des Hasses niedergehalten und ausgemerzt hatte und nun schwärte und gärte, wurde ruhig und wucherte durch seine Engen und Weiten, Höhen und Tiefen und erfaßte ihn bald gänzlich. Er überdachte seine Lage.

Sicherlich war es nicht gut gewesen, daß er sich in der Nacht vom Gelärm und Gezeter der Menschen hat einschüchtern lassen und bei der lahmen Hündin bleiben mußte, anstatt es auf jeden Fall gewagt zu haben, aus der Falle auszubrechen. Aber was dann geschah, war gut so. Da die Hündin tot war, würde vieles nicht mehr geschehen können, und es würde so wenig Verrat wie Trennung geben.

Da fiel sein Blick auf die Hündin, die längst hätte tot sein müssen. Doch hinter ihrem Bauchfell wimmelte es immer noch. Auch hier brauchte der Wolf keine lange Überlegung: er warf sich auf die unsichtbare, wimmelnde Menge und begann, sie kaputtzubeißen, ohne das Fell erst aufzureißen. Er hörte und fühlte, wie die Dinger da knirschten und sich ebenfalls in widerlich süßes Blut und salzigen Brei verwandelten. Seinem Blut soll das erniedrigende Schicksal des Haushundes erspart bleiben, die Lebtage in Knechtschaft zu fristen und nach Milchsäure und Menschenausscheidungen zu stinken!

Nun lebte der Wolf in großem packendem und zielendem Rausch. Es war vollbracht. Nichts bedauerte und nichts fürchtete er mehr. Lebte nur noch in Erwartung. In Erwartung der Zweibeinigen und des Todes, den diese lärmend und krachend herbeitrugen. Als Wolf hatte er gelebt, als Wolf würde er enden. Er lag in einer Spalte des Felsens auf dem höchsten Gipfel des Berges. Er lag flach und gesammelt, lag günstig. Von dort aus würde er losschießen auf den ersten, der sich erdreistete, mit ihm Aug in Auge zu stehen. Der sich erdreistete, ihm den Tod beizubringen. Er, der Wolf mit den vier schnellen, federnden Beinen und den scharfen Reißzähnen, würde den von oben bis unten mit fremdem Zeug bepackten Menschen auf den zwei plumpen Beinen, mit dem nackten, runden Gesicht und den nackten, dünnen, um einen Stock gekrallten Fingerchen anspringen und ihm zeigen, wer schneller und stärker sei. Vielleicht würde er den Tod besiegen und ihm auch diesmal entkommen, wer weiß.

Dem Wolf schien die Zeit stehengeblieben. Die Menschen wirkten unbeholfen langsam. Er litt vor Ungeduld.

Indes aber rückten die Menschen unaufhaltsam heran, die Glieder der Kette glitten näher aneinander, glichen einer Schlinge, die sich straffte. Und je höher die Schlinge an den Leib des Berges rutschte und je fester sie sich zog, desto leiser wurde es um den felsigen Gipfel, der tief geschlitzt und einem Hörnerpaar gleich, spitz und hell an zwei Stellen in den Himmel stach. Auf den Gesichtern der Heranrückenden Freude, Bestürzung und Enttäuschung zugleich. Glauben oder nicht glauben, daß sich die Flüchtigen bis auf die Spitze der sagenumwobenen Adyr-Haja, des Gabel-Felsens, zurückgezogen haben und nun dort im Versteck lauerten – das war es, um welches sich die Worte und die Gedanken drehten.

Daß sich die Schlinge inzwischen um die Gurgel des Haarakan zugezogen hatte und die Menschen unter dem Gipfelfelsen herum standen, kümmerte den Wolf wenig. Er lebte im Warten, litt immer schlimmer vor Ungeduld und sehnte sich glühend nach dem Augenblick des Zusammenpralls mit der Gefahr, die ihm den Sieg oder die Niederlage bringen mußte. Der Sieg mochte Entkommen, die Niederlage mochte Tod heißen – welches von beiden ihm bevorstand, war ihm einerlei. Wichtiger war, daß der Augenblick des Kampfes so schnell wie möglich kam.

Und da glaubte er, endlich zu erblicken: den Erwarteten! Dieser war dort erschienen, wo er nicht vermutet wurde: über dem Felsen hinten, wie weit hinten am Himmel – einem Schatten gleich, hatte er sich, stumm und urschnell, in das Blaugraue emporgereckt, nun hing er, ein fast überirdisches, fast wolkisch-himmlisches Geflecht, dort und zielte schon mit dem Stock herüber!

Soll dies das Ende sein? blitzte es im Hirn des Wolfes. Ihm kam dieses Ende trotz des langen, zermürbenden Wartens nun doch zu plötzlich, seltsam. Er konnte nicht begreifen, daß er es nicht hat kommen hören und sehen – wohl standen Himmel und Berg heute nicht zu ihm! Trotzdem war er bereiter als bereit, dem unverschämt-dreisten, unverfroren herüberzielenden Ende die Stirn zu bieten, mehr noch, es mit der Stirn zu durchschlagen, so wie sonst die todbringende Kugel seine Stirn durchschlagen würde – so schoß er los, glühende, krachende Kugel aus sich selber heraus, ganz Wahnwille, ganz Reißzahn, ganz Mordwaffe.

Aber er wußte schon nicht mehr, wo und wie er dann landete. Denn jener, der sich über dem Felsen, vor dem Himmel erhoben hatte, war der Todesbote in einem Jäger gewesen, und so hat er den Schuß rechtzeitig abgeben können. Der Wille eines Todesboten konnte nicht danebengehen.

Was dann kam, konnte durchaus etwas Unbekanntes, seinetwegen auch der gefürchtete und erwartete Tod gewesen sein. Aber ein Ende war es nicht. Denn anstatt zu enden – in einer Finsternis wie in einem tiefen Loch etwa zu landen und dort steckenzubleiben – schien sich vor ihm eine Tür aufzutun, und es ging weiter. Ja, der Sprung, in den sich der Wolf begeben hatte, mit allem, was ihm zustand, mußte der Schuß gewesen sein, dem sein letzter Wille samt seiner letzten Tat gegolten hatte. Denn der Sprung wollte nicht enden, er behielt den Schwung, verwandelte sich in einen Flug und nahm den Weg durch einen lichtüberfluteten runden Hohlraum. Dieser Raum, der dem Inneren einer riesigen Rohrpflanze glich, schien endlos lang, er mußte auf die Sonne, vielleicht durch die Sonne hindurch führen, denn wie schnell er auch flog, die Wegstrecke vorne blieb immer gleich lang. Und ebenso unendlich, unerschöpflich flutete das rötlich gelbe, überall gleißende Licht von allen Wänden des Raumes herein. Und diesem Licht schienen Wohlklänge innezuwohnen: Wind flötete, Wald rauschte, Gras raschelte, Wasser brauste, Regen prasselte, Pferde wieherten, Yaks grunzten, Menschen sangen, Schafe blökten, Hirsche röhrten, Vögel zwitscherten, Murmeltiere pfiffen, Hunde bellten, Wölfe heulten.

Nein, nicht allein die Laute, sondern auch ihre Erzeuger waren im Licht, denn da und dort sah er Lichtrisse von flatternden Bäumen und springenden Flüssen, weidenden Widdern, wiederkäuenden Elchen, hüpfenden Ziegen, sich balgenden Füchsen, fliegenden, im Flug sich drehenden Falken. Einige der Tiere erkannte er wieder, irgendwann hatte er sie gehabt, hatte sie als hohlgefressene, entstellte Aase zurückgelassen, nun waren sie alle wieder ganz und quicklebendig. Ob auch sie ihn wiedererkannten, wußte er nicht, er sah jedoch: sie ließen sich von ihm nicht stören, blieben in Frieden.

Dann sah er neben sich die Hündin. Keine Spur von den Wunden, die er ihr zugefügt hatte, nichts von den Blutflecken; der wieder zugeheilte und gereinigte Körper strahlte prächtige Farbe und quirlende und wirbelnde Lebendigkeit aus. Und sieh da, auch die Welpen waren da: zu sechst, ein jeder ein dralles, drolliges Wesen, alle aneinandergedrängt, plejadenhaft. Wie froh war er nun darüber, daß er sie nicht der Knechtschaft überlassen hatte.

Aber seine Freude sollte sich noch vergrößern: Auf einmal wußte er sich an der Spitze des größten Rudels, das er je gesehen hatte. Und zu seiner andern Seite erkannte er die Wölfin. Sie lag ihm in der selben Schulterhöhe und stützte ihn mit der selben festen Geschmeidigkeit im Flug wie die Hündin auch. Die beiden, durch ihn voneinander getrennt, waren wiederum durch ihn miteinander verbunden. Der Wolf spürte milde Blicke und helle Gedanken von beiden Seiten auf sich herüberströmen und durch Hautporen, Muskelspalte und Knochenritze weiterfließen und in entgegengesetzter Richtung ihn wieder verlassen.

Indessen raste der Flug, flüchtete der rohrhafte, lichtbestrahlte Raum, fluteten Lichter und Wohlklänge weiter. Nichts ermattete, nichts erschöpfte sich, eher verdichtete und vertiefte sich alles. Der Wolf eilte, einem stolzen, mächtigen Häuptling gleich, an der Spitze seines wiederauferstandenen Volkes an anderen wiedererstandenen Völkern von Lebewesen verschiedener Gestalt und Stimme vorbei. Dabei überflog er Welten und Zeiten, überdachte die fürchterlich lange und doch lächerlich kurze Frist auf Erden erst einmal, spürte Plätze und Gewichte der Ereignisse und Erlebnisse sich verlagern. Wirklicher Sinn stand dem zu, daß er auf Erden gewesen war und nun sich auf einem Weg befand, der ihm nicht mehr fremd war. Da fiel ihm ein, daß er schon öfters darauf gereist war. Aber ihm wollte nicht einfallen, so sehr er seinen Geist auch anstrengte, sich zu erinnern, wie und wo er jeweils dann angekommen war.

Da meinte er, daß er gedächtnislos, und da es nun so, dumpf und dunkel sein müßte. Aber er fühlte sich leicht und durchscheinend hell, mit einer Höhenwolke verwandt, in diese verwandelt wohl auch – so winzig, daß er im kleinsten Raum unterkommen und gleichzeitig jedoch so gewaltig, daß er den größten Raum füllen könnte.

Es raste, es flüchtete, es flutete weiter und weiter. Irgendwann glaubte er am hellen Ende des Trichters etwas weniger Helles auszumachen. Das war vielleicht nur eine Täuschung des Auges, oder auch bloß gedacht, denn es war sehr weit, zu weit weg noch, um etwas wirklich erkennen zu können. Aber da erinnerte er sich plötzlich: Alles, was in den Gedanken fiel, gab es auch und alles, was es gab, war zu erreichen. Nah und fern, später und jetzt waren jeweils nur unterschiedliche Benennungen Eines und Desselben. Nun kamen ihm Dinge in den Sinn. Zuerst war es ein Meer, und es schäumte und siedete. Es konnte Feuer sein oder Säure, es mußte verbrennen und ätzen. Aber es konnte auch aus etwas ganz Anderem sein; denn es schien leuchtend rot, vielleicht war es aus seit Ewigkeiten rinnendem, strömendem, doch immer noch nicht gestilltem Blut.

Dann war ein Baum, der einem Berg glich, oder ein Berg, der einem Baum glich. Der Baum-Berg fing unten sanft an, astgleiche Felsen sprangen darauf heraus, stürmten schließlich hinauf bis in den Himmel. Alles, aus dem der Baum-Berg bestand, war hell, wie aus Nebelwolken, aus Eisschnee. Oder aus Milch, zu lange gestanden und verhärtet, da und dort zurückgebildet.

Was ist Blut, was ist Milch? dachte er und fand: Wieder zwei Namen Eines und Desselben. Jetzt erkannte er den Weg als den Heimweg. Da wußte er, wohin dieser führte: dorthin, wo Blut und Milch gemeinsam entsprangen.